月花の少女アスラ2
〜極悪非道の傭兵、転生して最強の傭兵団を作る〜

author
葉月双

illustration
水溜鳥

ネーナ・クーセラ
アイリス・クレイヴン・リリ
団長
アスラ・リョナ
傭兵団《月花》での紅白戦開始！

ユルキ・クーセラ
マルクス・レドフォード
副団長
ルミア・カナール
英雄アイリスを含めた

フルセンマーク・マフィアの頂点《ゴッド》
ジャンヌ・オータン・ララ
「では、早く服を脱いでください」
「……分かりましたわ……」
寵愛の子
ティナ

「私まだ、何にもなれてない！
何もやってない！
死にたくない！
死にたくないよぉ！」
傭兵団《月花》のメンバー
サルメ・ティッカ
「これはこれは、
誰かと思ったら
寵愛の子じゃないか」
大麻畑の管理人
タニア・カファロ
冒険家
カーロ・ハクリ
「君たち、蒼空騎士たちよりずっと強いよ！
ぜひ僕を護衛してくれ！」

「私は団員たちの意思は尊重してきた。
これからもそうする」
「だからこれは命令じゃない。お願いだ。行かないでくれ」
「ごめんなさいアスラ、わたし、抜けるわ」

# CONTENTS

# 月花の少女アスラ

Asra, a girl under the moon

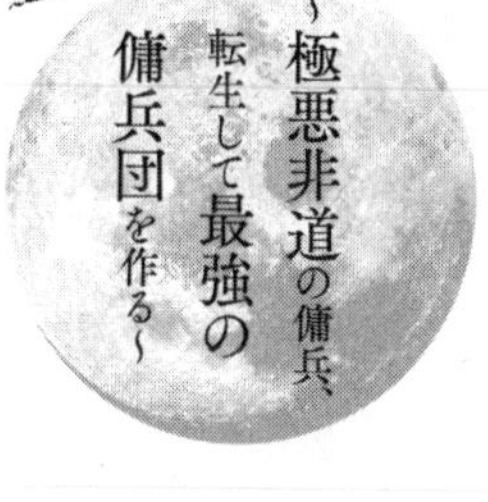

〜極悪非道の傭兵、転生して最強の傭兵団を作る〜

author
葉月 双
illustration
水溜鳥

# 2

# 傭兵団《月花》進行マップ

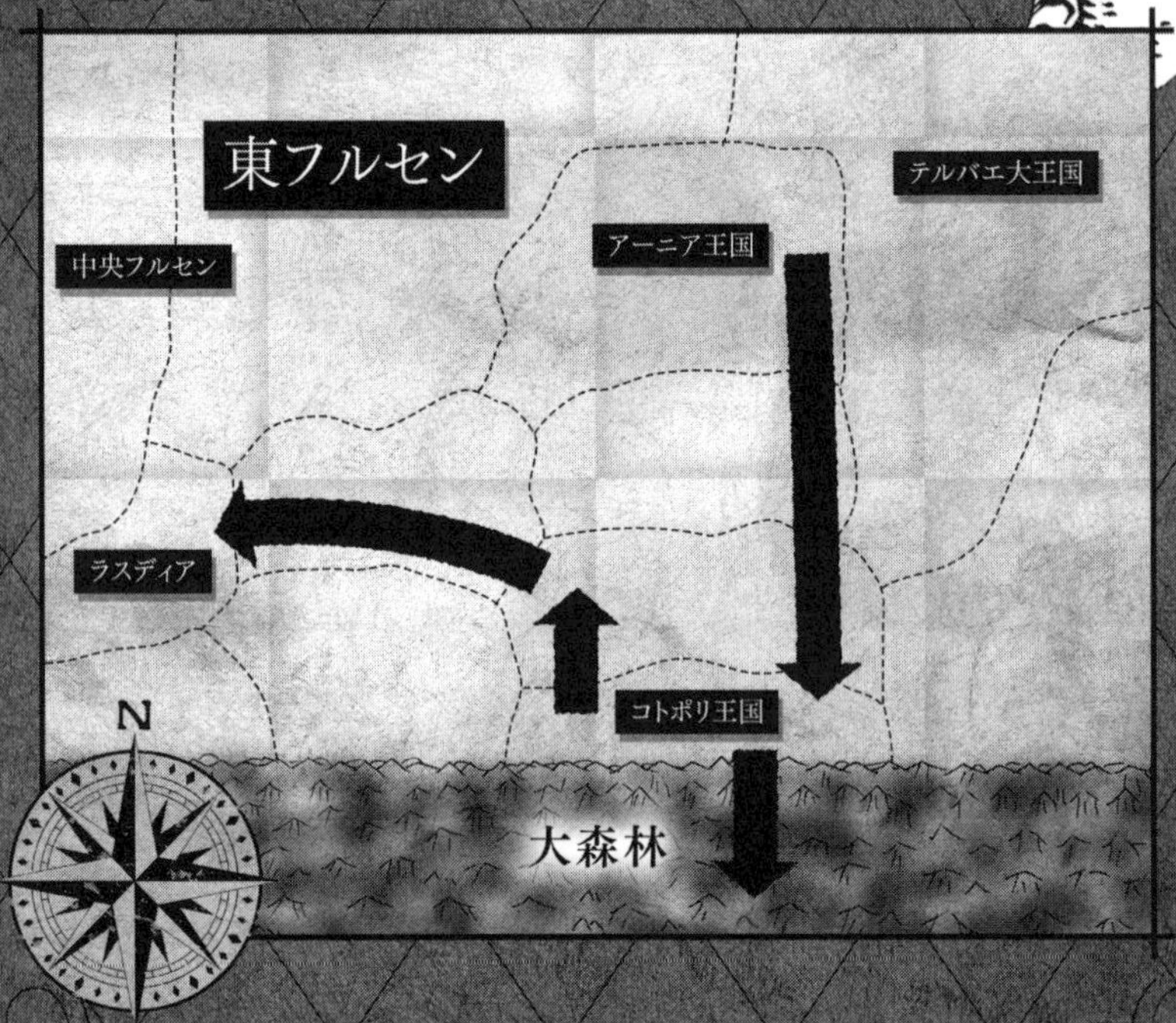


地図デザイン：木村デザイン・ラボ

EX 〇一

# 傭兵団《月花》について報告します 拝啓、大英雄アクセル・エーンルート様

アイリスです。

今日はアスラがピエトロを殺した翌日です。

傭兵団《月花《つきばな》》は、今日はオフの日なのだとか。

みんなの行動を追ってみようと思います。

まず副長のルミア・カナールから。

ルミアは宿の部屋でずっとお茶を飲んだり本を読んだり、のんびりしていました。

なんだか、日だまりで微睡《まどろ》む猫みたいにゆったりしています。

動きがないので、他の団員のところに移動しますね！

あ、これリアルタイムで書いてるんですよー！

マルクスの部屋に入ると、マルクスはひたすら筋トレをしていました。

今でもムッキムキのマルクスですが、将来は絶対アクセル様みたいなスーパーマッチョになると思います！

しばらくすると、今度は魔法の練習を始めました。

マルクスすっごい真面目。

他に動きがないので移動します。

ユルキの部屋に入ると寝ていました。

ユルキって美形です。あたしと同じ金髪だし。

あたしのことも気にかけてくれるし、《月花》で一番いい人！

でもあたしを子供扱いするのは許せない！

とりあえず、移動します。

イーナの部屋に入ったら、「バカが来た」と言われたので、カッとなって口喧嘩《げんか》に発展してしまいました。

イーナって酷《ひど》いんです。卑猥《ひわい》なこととか、いっぱい言われて、あたし泣きそうだったので移動しました。

レコとサルメは部屋にいません。

探したらアスラの部屋に二人ともいました。でもアスラはいません。

レコは「団長の香り」と言いながらベッドで幸せそう。

サルメはあたしに挨拶してくれた。

サルメは割といい子。なんで《月花》にいるのか不思議！

特に動きがないので、またあとで。

夜になりました。《月花》はみんなで酒場に移動してドンチャン騒ぎ。

娼婦《しょうふ》まで呼んでた!!

アスラは女の子なのに女の子が好きみたい。

娼婦のお姉さんとイチャイチャしてて、ルミアがすっごく不機嫌！

騒ぐだけ騒いで、解散でした。

あ、料理は美味《おい》しかったです。

以上、《月花》のオフでした！

敬具

◇

アイリスです。

ドンチャン騒ぎの翌日です。

今日はアスラとルミアが罰を受けるみたい。

作戦行動中の暴走と、命令違反だとか。

何をするのかと思ったら、アスラとルミアがメイド服を着ていました。エプロンドレスです。うちのメイドも似たような服を着ています。

今日はアスラとルミアが一日だけみんなの召使いになるようです。

軽いというか、健全というか、あたしの想像した過酷な罰とは違うみたい。

こいつらのことだから、血塗《ちまみ》れになるまでぶん殴るとかを想像してたので、ちょっとホッとしてる。

ってゆーか召使いじゃなかったぁぁぁ!!

二人はいきなり土下座させられて、みんなに頭をゲシゲシ踏まれ始めました！

そしてひたすら「ごめんなさい」を連呼しています！

てゆーか、そうするように言われたみたい。

これ、ユルキの案なのだそうです！

なんでエプロンドレス着させたのか謎です！

ルミアはとっても悔しそうな雰囲気ですが、アスラは普通っぽい感じでした。

それが終わると、今度はマルクスの案。

二人とも延々と筋トレをやっています。

マルクスがやらせています。エプロンドレスのままで！

二人とも汗だくで、今にも倒れそうなぐらい筋トレして、それでもマルクスは許さないんです！

しかも、

「わたしは筋肉痛が遅れて来ます。わたしは筋肉痛が遅れて来ます」

ってルミアはずっと言わされてる！

ものすごい屈辱みたいで、すっごい表情してるのルミア。

アスラの方は、

「筋トレ大好き、筋トレのためなら死ねる、筋トレ大好き」

って言わされてる！

明らかにアスラ、筋トレとか好きじゃなさそうなのに！
二人ともぶっ倒れて、それでやっと許されたみたい。
でも次はイーナの案。
イーナは椅子に座って両足を投げ出し、
「……舐《な》めろ……」って言いました。
その時のルミアの表情は、たとえるなら魔王の表情！
アスラの方は普通にペロペロと舐め始めたのでビックリ！
さすが団長！　進んで罰を受けている感じです！
でもなんか、子犬みたいでちょっと可愛い。
ルミアの方はもうこの世の終わりみたいな感じで舐め始めました。
それを見てユルキが、
「副長エロすぎて俺見てらんねぇわぁ。汗だくで、舌でペロペロとか……」
って前屈《かが》みになっていました。
なんで前屈みなんだろう？
「このエロさに、耐えられるのか自分……」
マルクスは何かを必死に堪えている様子。
でもそれが何かあたし分かんない。
「私はどうかね？」とアスラが言って、

「団長は全然」とユルキ。

「何も感じませんな」とマルクス。

それから長い時間、イーナは二人に足を舐めさせていました。

イーナはとっても嬉《うれ》しそう。

「……足ふやけそうだから、もういい……」

それで二人は許されたようです。

次はサルメの案。

「恥ずかしいと思いますが、服を脱いでください」

サルメが言うと、二人ともあっさり脱ぎました。

きゃー！　きゃーきゃー！

二人ともなんで抵抗なく脱いだの⁉

サルメもビックリしてる！

「拷問訓練は裸でやるから、今更だね」アスラが言う。「むしろ汗でベタベタの服が脱げて爽快なぐらいさ」

「そうね。さすがに裸には慣れたわ」とルミア。

「俺もなんか見飽きてっから、裸は逆に冷静になるわー」

「自分もだ。サルメ、これでは罰にならん。他にないのか？」

「え？　え？　どうしよう私、他に考えてないです」

「じゃあサルメ飛ばしてオレ」

レコの案。

「あ、ごめん、汗だくで裸の団長に興奮して何考えてたか忘れた」

レコがアスラをガン見しながら言った。

「……バカ……」

イーナが呟《つぶや》きました。

「ふむ。全体的にヌルイな」

「ヌルくないわよ。わたしもう嫌よ。許してよみんな、ね？」

ルミアが瞳を潤ませて、両手を胸の前で組んで言った。

あたし、すっごいドキッてした！

これ許す！　絶対許す！

「副長はもう許そうぜ？　実害なかったし、団長の方が悪いだろ」

「ああ。副長はもういいだろう。団長はまだダメだと自分も思うが」

「……バカばっかり……」

イーナが溜息《ためいき》混じりに言ったけど、あたしはユルキとマルクスの気持ち分かる。

「まぁ、ルミアにとっては酷い屈辱だったようだし、いいだろう。ルミアは終わりでいい。問題は私だ。

ハッキリ言って全然堪えていない。筋トレはしんどかったがね」

堂々と反省してないって言った！

サルメがルミアに手拭いを渡して、ルミアはそれで汗を拭っています。

それが終わると、ルミアはさっさと自分の服を着始めた。

「どうするよ？」

「うーむ」

「……どうせ団長、何しても泣かないし、面白くない……」

「く、くすぐってみます？」

サルメが言うと、みんな「その考えはなかった！」みたいな表情。

みんなでアスラをくすぐりました。

あたしも混じった。

アスラ普通に泣いた。笑い泣きだけど。

「笑いながら死ぬかと思った……。なるほど、これはキツイ。さすがの私も参ったよ」

終わったあと、アスラが感慨深そうに頷《うなず》いていました！

敬具

◇

「俺様はヨォ、《月花》の動向を報告しろっつったけどヨォ、あいつアホなのか⁉」

アクセルはアイリスの手紙を読んで叫んだ。

「まぁまぁアクセル。アイリスは類い希《まれ》な才能を持ってるけど、頭が弱いでしょう？」

アクセルの対面に座っている女性が言った。

「テメェは本当、ハッキリもの言うなぁ、エルナ」

「ふふ、それが私のいいところ、でしょ？」

エルナ・ヘイケラが笑う。

エルナは四二歳で、クリーム色の髪を低い位置で一つに括《くく》っている。

穏やかな表情を浮かべていて、服装は小綺麗《こぎれい》。淑女と表現しても差し障りない。

「まぁ、な」

アクセルの左手には、鉄製の義手。常に拳を握った状態の義手なので、そのまま殴りつけることができる。

「それでアクセル、進展はあった？　私の方は全て空振りなのよねー」

エルナが溜息を吐く。

アクセルとエルナの間には、丸い小さなテーブルがあって、その上にはアーニア王国周辺の地図が広げられている
「こっちもだ。手詰まりだぜ、正直な」

「マティアスちゃん殺した犯人は、もうきっと見つからないわねー」

エルナが首を振る。

東フルセン地方の、もう一人の大英雄。

それがエルナ・ヘイケラだ。

「矢がどっから飛んで来たのかすら、俺様らは分からネェ」アクセルは悔しそうに言う。「つーか、二本の矢だぞ？　たった二本の矢で、マティアス殺せるか？　テメェならできるか？　《破魔の射手》の異名を持つテメェならどうだ？」

エルナは弓使いとして英雄になり、弓使いとして大英雄になった。

当時の弓使いは臆病者と罵られる存在だったが、エルナがそれを変えた。

今ではどこの軍にも弓兵がいる。

「マティアスちゃん限定なら、まず不可能ね。英雄になりたてのボーヤなら、できるかもしれないけれど」

「その不可能を、やってのけた奴《やつ》がいる。んで、俺様らはそいつに報復もできネェ」

「それに有効な暗殺対策もできないわねー」

「頑丈な地下室にでも隠れてろってさ。アスラに言われたぜ。クソ、英雄にも人生があることを分かってネェ」

「そうねー。英雄だって人間だものねー。でもだからこそ、矢で頭を射貫《ぬ》かれたら死ぬの。マティアスちゃんがまったく察知できないような矢なら、本当にどうしようもないわねー。たぶん私たちも、同じ方法で殺せてしまうでしょうねー」

「それだそれ、あのマティアスに察知できネェって、どんな矢だ？」

「推測に過ぎないけれど」

エルナは地図を見て、森を指さす。

「ここからなら、射手は見えないし、たぶんどんな人間も察知できない」

「冗談言うなエルナ。どんだけ離れてんだ。そんなとこから、狙えるわけネェ。つーか、届かネェだろ？」

「魔法なら？」

「魔法？」

「そう。私たちの知らない、何かしらの魔法を使った、とかね。傭兵団《月花》は魔法を使うでしょ？　魔法兵っていうらしいわ」

「そりゃ俺様も知ってるがヨォ、奴らじゃネェよ。テメェはあのアスラに会ってネェから、まだ疑ってんだろうけど。ありゃガチでマティアスやったら宣伝するぜ？」

「それらも全てフェイクってことは、ないのかしらー？」

「ネェ。俺様はガチで、あのアスラにビビッちまった。一三歳のガキだぜ？　恐るべきガキだ。ありゃマジで英雄とガチ戦争やってもいいって思ってやがる。だからやってたら隠さネェだろうぜ」

アクセルはすでに、《月花》を容疑者から外していた。

それでも危険な存在に変わりはないので、監視は続ける。

「んー、だったら、最上位の魔物、とかが犯人かしら？」

「その方がマシだぜ。人間に殺された、ってのよりはな」

「でも犯人が最上位の魔物だと、やっぱり見つからないわねー」

エルナは首を振った。

「敗北だぜ、完璧にな」

「そうねー、私たちは、敗北したのねー。犯人が人間なら、心底、恐ろしい人間だわね」

「だな。完全犯罪だ。認めたかネェが、数百年に一人いるかいネェかの天才だぜ。単独犯なら、だがヨォ」

「天才……ね。私はやっぱり、アスラが怪しいと思うわねー」

「あれも恐るべきガキだが、天才っつーよりは、とにかく恐ろしいって感じだがヨォ。《魔王》みたいに笑いやがるんだ、あいつは」

「そうかしらぁ？　ファイア・アンド・ムーブメントって、彼らが提唱してる基本戦術らしいのだけど、それの内容って私がずっと実践してたことなのね。もし、それを一三歳の子供が自分で考えて、実践しているのなら、天才だと思うけれど？」

「よく分かんネェけど、テメェが自分を天才だと思ってんのは分かった」

「アクセルは完全武闘派だものねー」ふふっ、とエルナが笑う。「ねぇアクセル、アスラはね、魔法を実戦に組み込んだのよ？　誰もがバカにしてた魔法を。唯一、魔法で強かったのはジャンヌの【神罰】だけ」

ジャンヌの全盛期に、魔法が少しだけ流行した。

けれど、結局ジャンヌが特別だったという結論に達し、また魔法の立場は元に戻った。

「魔法に対する認識は改めたぜ？　俺様も魔法にやられたからヨォ」

アクセルは左腕を持ち上げた。

「二〇年後の兵士は、きっと魔法兵が主軸になるわねー。英雄も半分は魔法戦士じゃないかしらね？」

「傭兵団《月花》が、世界を変えちまうのか？」

「そう。このまま彼らが実績を重ねれば、必ずそうなるわねー。弓の時と同じよー」

「マジで恐るべきガキだ。世界さえ変えちまうのか、あのガキは」

アクセルは肩を竦《すく》め、少しだけ笑った。

「だからこそ、アスラを疑うべきなの。ずっと疑い続けるべきなのよアクセル。アスラは天才よ。間違いなくね。私たちには理解できない方法でも、アスラなら思い付く」

「……それでも、俺様は違うと思うが、テメェも一度会ってみたらどうよ？」

「そうね、そうするわ。ちょうど、いい感じの依頼があるのよねー。アイリスを鍛えるにもちょうどいいのよー」

「どんな依頼だ？」

「南の大森林の調査。正確には、調査員の護衛ねー」

「おいマジで言ってんのかエルナ」アクセルが目を細めた。「アイリスに大森林は早い。早すぎるって言ってもいいぜ。テメェの後釜候補を死なせる気か？」

フルセンマーク大地の南には、広大な森林がある。

その森林の先に何があるのか、誰も知らない。

まだ誰も大森林を抜けたことがないからだ。

「基本的には傭兵団《月花》への依頼よー。アイリスはついでに経験値を上げてくればいいなー、って感じかしらねー」

「ちっ、調査ってことは、未踏の地まで行くんだろ？　上位の魔物が出るかもしれネェ。連中なら大丈夫だとは思うがヨォ、それでも数が出たら厳しいだろうぜ。英雄ももう一人は行くべきだ」

魔物の多くは、大森林からやってくる。

まだ見ぬ脅威も存在している可能性が高い。

大森林の未踏の地まで調査に行く場合、必ず英雄が二人以上護衛に付く。場合によっては大英雄も同行する。今まではそうだった。

「えー？　大丈夫よー。アイリスは実力だけならアクセルと対等でしょー？　それに《月花》が一緒なのよー？　経験の低さを《月花》が埋めてくれるわ。それでももし、連中もろともアイリスが死ぬなら、アイリスにはその程度の天運しかなかったのよ」

「……テメェ、アイリスの天運を試す気か？　それとも《月花》の方か？」

「両方よアクセル。わたし、アイリスは歴史に残る大英雄になれると思ってるわー。素質だけならジャンヌさえ上回る。あとは天運があれば、ってところでしょー？」

「……ちっ、そうかよ」

アクセルだってアイリスのことは買っている。

「アイリスが育ったら、大英雄を譲って私は晴れて引退」

エルナが弾んだ声で言った。

「先に俺様引退させろや？　俺様の身体はガタガタだぞ？　度重なる戦闘でヨォ、もう全盛期とはほど遠いぜ。大英雄のレベルにあるかどうかも疑問だぜ」

アクセルは今年いっぱいで、大英雄の座をマティアスに譲るつもりだった。

「頑張ってマティアスちゃんの代わりを見つけて、としか言えないわねー。それに、アイリスが育つのなんてまだ五年は先のことよー。とにかく、五〇歳までには引退したいわねー」

「現状、東の英雄連中の中にマティアス並みはいネェ。次点で蒼空《そうくう》のミルカ・ラムステッドってとこか」

英雄の中でも当然、強さの序列はある。

そして大英雄を任せるなら、人格や思想も厳選しなくてはいけない。少なくとも、アクセルとエルナはそう思っている。

「ミルカ君はイケメンだし、いいんじゃないのー？」エルナが笑う。「わたしのお勧めはアスラ・リョナを英雄にすることだけどねー？」

「冗談言うなエルナ。ありゃ特権だけ振りかざして義務を蹴飛ばすタイプだぜ」

「それでも、天才の能力は《魔王》を打ち倒す役に立つと思うわよー？」

「テメェは昔から、戦士とは違う考え方するよな。どっちかっつーと、《月花》の連中に近いんじゃネェか？」

「弓をバカにする奴は、とりあえずみーんな倒したし？」

エルナが笑った。

今でこそ落ち着いた雰囲気のエルナだが、大英雄になる前の気性は荒い方だった。

「ま、とにかくアクセル、アスラが恐るべき人物なら、側《そば》に置いた方が何かと都合もいいわー。打診だけしてみるわねー、次の英雄選抜試験に出るようにって」

「出ネェだろうなぁ……」

アスラが英雄になる姿がまったく想像できないアクセルだった。

# EX ○二

# 新ジャンル、私フェチ！ リョナ・フェチじゃなくてアスラ・フェチだよ？

その日、傭兵団《ようへいだん》《月花《つきばな》》は憲兵の屋外訓練所を借りて、訓練に励んでいた。

「私の攻撃魔法【地雷】は、最大でも七枚までしか同時に作れない。これは私のレベルが低いからなのか、そこが【地雷】の限界なのかはまだ分からない。八枚目を作る努力はしているが、上手《うま》くいかないんだよね」

アスラは楽しそうに言った。

立っているアスラの前に、レコとサルメが座っている。

レコとサルメはMPを認識するために集中しているが、アスラの話も聞いている。

「私は魔法を二つ同時に展開できるんだけど、なぜか【地雷】と【地雷】は同時に使えないんだよね。それができたら一四枚出せるんだけどね。これはでも、私に才能がないか、レベルが低いかのどっちかだね。ジャンヌは攻撃魔法を同時に三つ出したという話だからね」

レコとサルメは、午前中はずっと近接戦闘術を教わっていたので、生傷だらけでボロボロの状態だった。

「そもそも魔法を極めた奴《やつ》がいないから、魔法がどこまで伸び代があるのかも明確じゃない。一応、今のところ区切りとしては固有属性の獲得だけどね。正直、それより更に上があっても私は驚かない。

むしろロマン派としてはあってほしいところだね」

すでに昼食と休憩を済ませ、今は午後の訓練中。

他の団員たちは、午前中はずっと連携を高める訓練をしていて、今はルミア以外の全員が個別で魔法の特訓をしていた。

魔法はとにかく使いまくって熟練度を上げ、MPを高めたら、ある時、ふっと固有属性が開花する。

「魔法の性質に関しても、本当に四つだけなのかな？　性質というか系統でもいいかな。私は個人的に、新しい系統を確立させるために訓練してるけど、まだ上手くいってないね。でも手応えはあるから、近く確立できそうな気がするよ」

アスラは魔法の可能性をずっと模索している。

「どうしたのアイリス、その程度じゃないでしょ？」

ちなみに、ルミアはアイリスと剣の稽古をしていた。

正確には、午前中ずっと一人で剣を振っていたアイリスに、「相手がいた方がいいでしょ」とルミアが持ちかけた。

なんだかんだ、ルミアはアイリスを鍛えるのに一番熱心だった。

一五歳の英雄が、ジャンヌの影と重なるのかもしれない、とアスラは思った。

二人とも訓練用の木剣で対戦しているが、特にルールはなく、自由に戦っている。

「あの、団長さん、質問いいですか？」

「許可しようサルメ」

「ＭＰと闘気は違うものなのでしょうか？」

「元は同じだよ」

「えっと、イーナさんが闘気は相性が悪いって言ってたんですけど、アイリスさんを見る限り、有効な技だと思うのですが……」

サルメは視線をアイリスとルミアの方に向けた。

アイリスがルミアに苦戦して闘気を使った。だからサルメが反応した、という感じか。

「バカねぇ。普段からバンバン闘気使ってどうするのよ。いざって時だけにしなさい」

言いながら、ルミアも闘気を放った。

アイリスに対抗するために仕方なく、というか、まだアイリスに負けたくないのだろうなぁ、とアスラは考察した。

「あなた強いんだけど、まだまだ経験不足ね。マティアスは闘気使わずに私より強かったわよ？でもそれが本来あるべき姿よ。英雄が一般人を相手に闘気出さなきゃ勝てないなんて話にならないでしょ？」

元々、ルミアは魔法戦士だったから、闘気を使うのは珍しい。

ルミアが闘気を扱えることに、アイリスが酷《ひど》く驚いていた。

「サルメ。訓練の時に闘気を使うと最大の力が出せてしまうから、伸びないんだよ。実力がそれ以上伸びない。分かるかな？」

「はい。なんとなく分かります。でも普段の戦闘とかでは、有効だと思うのです」

「どうして私たちが闘気を使わないのか、って話かね？」

「はい。気になっていたので」

「説明しよう」

ルミアがアイリスの腹部を打った。実戦ならアイリスは死んでいる。

ルミアの闘気に驚いてしまったせいで、隙ができたのだ。

やはり経験値の低さが問題だ。対戦相手も闘気を使えるかもしれない、という考えがアイリスになかった。

「闘気なんてハッキリ言ってしまえばクソの極みだよ」アスラが言う。「第一に、闘気はＭＰを垂れ流して、持続時間も短いくせに本来の実力が出せるだけ。まぁ、元がＭＰだから使い続ければ持続時間は延びるかな。個人差がある、ってやつだね。でも、そんなの普段からコンディション調整して、最大に近い能力が出せる状態を作っている方がいいに決まってる」

アイリスは腹部の痛みでゴロゴロと地面を転がっていた。

アイリスは打たれ弱いのも問題だ。

拷問訓練を受けさせてあげようかな、とアスラは思った。

「第二に、闘気を使っている間は魔法が使えない。闘気なんか使うぐらいなら魔法を使った方がいい。魔法兵たる私たちが魔法を使えないなんて冗談にもならない」

ルミアはアイリスを見てやれやれ、と首を振っていた。

アイリスは本当に強いのだけど、問題がまだまだ山積みだ。

「第三に、闘気は気配が大きくなりすぎる。隠密《おんみつ》作戦では絶対に使えないし、普通の戦闘でも行動が読みやすい。まぁ、読まれても問題ないぐらい素早く動けるのなら話は別だがね。最初から強い英雄たちが使うから、そこそこ効果があるんだよ」

「じゃあ、副長さんやマルクスさんなら……」

「だから、ＭＰを垂れ流しにするんだよ？　持続時間が切れたあとどうする？　もう魔法は使えないよ？　途中で闘気を仕舞ったのでない限り、ＭＰは尽きている。闘気を放って、それを敵に凌《しの》がれたら？　自分の最大の力が跳ね返されたら？　もう負けるしかないじゃないか」

「……なるほど。なんとなく、分かりました。逆に言うと、無尽蔵のＭＰがあるなら、使い分ければいいんですね？」

「あればいいけどね」アスラが笑う。「でも私たちにはない。だから最初から使わない方がいいってことだよ。打つ手はたくさんあった方がいい。だがまぁ、覚えたいなら、魔法兵になったあとで個人的に教えてあげるよ」

「団長さんも、使えるんですか？」

「ルミアに教わったけど、すぐにクソだと分かって、以来使ってないし、今後使う気もないかな。私が大英雄だったら、英雄になった奴に闘気より魔法を教えるね」

「団長、オレ、ＭＰ認識できたかも」

レコが淡々と言った。

「ほう。私の想定より早いな。集中力が高いのかな？」

アスラが微笑《ほほえ》む。

レコは闘気の話を聞きながら練習を続けていた。

「むぅー」

サルメはレコに負けたくないのか、すぐにＭＰを認識するために集中した。

◇

その夜。

「ちょっとアスラ!!」

アイリスが烈火の如《ごと》く怒りながらアスラの部屋のドアを乱暴に開けた。

アスラは魔法書を読んでいたのだが、顔を上げてアイリスを見た。

「レコがあたしの胸に触ってきたんだけど!!」

「そうか」

アスラは魔法書に視線を戻した。

魔法書は貴重だ。魔法を研究している者が少ないから、刊行も一〇年に一冊ぐらい。

大魔法使いたちの連名で、出版される。

アスラが読んでいるのは、一番新しいやつ。

実はアスラもこっそり魔法書を書いているのだが、そのことはまだ誰にも教えていない。

「そうか、って何よ!!　胸に触ってきたのよ!!　注意してよ!!」

「いいじゃないか、減るもんじゃないし」

「何その言い方⁉　アスラだって女の子でしょ⁉　胸触られたら嫌でしょ⁉」

「私は君より多くレコに触られているし、抱き付かれたり匂いを嗅がれることもあるが、そんなに怒ってない。普通に触るなと言うだけだ」

アスラは顔を上げて、アイリスを見ながら言った。

ちなみにもうローブは畳んでいて、アスラは下着とシャツだけという姿。

「ああでも、うっかり頭突きしたことはあるかな。レコのやつ、全力で私の胸を揉《も》みながら『団長の胸が行方不明だから探してこようか?』なんて言いやがったからね」

「胸がないって言われて怒ったの⁉　そっちじゃなくて、触ることに対して怒ってよ！　レコはアスラに懐いてるんだから、注意したら聞くでしょ⁉」

「別にないことはない。少し小さいだけだよ。体脂肪率が低いことが原因だ。私だってせっかく女に生まれたんだから、自分の胸を揉みたいさ。でも傭兵だから鍛えなきゃいけない。鍛えれば体脂肪率は下がる。私だって辛《つら》いんだよ」

「何の話よ⁉　そうじゃなくて、レコを叱ってって言ってるの！」

「レコは心が壊れてるから簡単には反省しないし、一一歳だから女の身体に興味を持ってもおかしくはない」

「だからって触っていいわけないでしょ⁉」

「君が注意したまえ。君が触られたんだから。別にレコを殴ってもいいぞ？　レコの行動はレコの自己責任だからね」

「……分かったわよ。あたしが注意するわよ。すっごい怒るからね？　レコ泣いても知らないからね？」

「好きにしたまえ。でも手を出すならちゃんと加減をしろよ？　殴るのはいいが、虐待にならないよ……」

アスラの言葉の途中で、アイリスが部屋を出て乱暴にドアを閉めた。

「……最後まで聞きたまえよ……」

アスラは溜息《ためいき》を吐いてから魔法書に目を通す。

しばらく静かな時間が経過する。

「アスラーーー!!」

アイリスが半泣きで部屋に入ってきた。

「今度は何だい？」

「また触られたー!!」

「……君、英雄だろう？　避ければいいじゃないか……相手レコだぞ……」

「だって！　だってお説教してる時にいきなり鷲摑《わしづか》みにされるなんて思ってなかったんだもーん!!」

「分かった。分かったから叫ぶなアイリス。レコを呼んできてくれ。注意するから」

「グスン……、ちゃんと注意してよ……」

アイリスが部屋から出る。

「私の静かな読書時間が……」

アスラは小さく溜息を吐いた。

しばらく待っていると、レコとアイリスが部屋に入ってきた。

「レコ。アイリスの胸に触ったのかね？　二回も」

「うん」

「どうだった？」

「柔らかい」

「そうか。興奮したかね？」

「別に。だってアイリスだし」

「ちょっと待ちなさいよぉぉ！　だってアイリスだし⁉　だってアイリスだしって何⁉」

「興奮して欲しかったのかね？」

「そうじゃないけど！　そうじゃないけど！　酷くない⁉　何で触られたのあたし⁉」

「胸に興味あったから。副長は母さんみたいだし、イーナはイーナだし、サルメはそういうの嫌で娼婦《しょうふ》辞めたんだろうから、アイリスでいいかって」

「あたしだって嫌よぉぉぉぉぉぉ‼　しかもアイリスでいいかって何⁉　あたし何番目なのよぉぉ‼」

「偉いぞレコ。サルメにやったら私もガチで怒った。あと、ルミアだったらルミアが君を殴った。イーナはイーナだし、判断力は悪くない」

「えへへ」とレコは嬉《うれ》しそう。

「なんで褒めてんのよぉぉぉ！　注意してくれるんでしょー‼」

「そうだったね」

アスラが立ち上がる。

「団長の生足、興奮する」とレコ。

「あたしの胸揉んで興奮しなかったのに⁉」

「ふむ。これはどうだ？」

アスラがシャツを持ち上げて下着と腹を見せる。

「団長のお腹《なか》、興奮する」

「なるほど。お腹の方か。それはそうとレコ。一応、アイリスも女の子だからなるべく胸を揉まないように。私もセクハラするのは好きだが、セクハラは悪いことだよ？　お仕置きするからこっちおいで」

アスラが言うと、レコがトコトコとアスラの前に移動。

アスラはそのままレコの頬を平手打ちした。

それほど強くはないが、弱くもない。

適度な威力だった。痛すぎず、ヌルすぎず。

「一応、アイリスの胸に触った罰だけど、今のも興奮するかね？」

「一番興奮した‼」

アスラがレコの股間に目をやると、本当に興奮しているようだった。

「なんで⁉　ねぇなんで⁉　今レコ叩《たた》かれたよね⁉　なんで興奮するの⁉」

「ふむ。私の判断では、レコはフェチだね」

「フェチ……って何？」とアイリスが首を傾《かし》げた。

「性的嗜好《しこう》の一つで、多くは身体の部位や服やブーツなんかに対する執着だよ。でもレコの場合は少し違っている」

「どう違うのよ？」

「うん。レコは私フェチだ」

「は？」

「私なら何でもいいんだよ。私の身体なら何でも興奮する。あるいは、私に何をされても興奮する。そういうフェチ。私フェチ。アイリスの胸に触ったのは、純粋に胸に興味があったのだろう。男子としては健全な成長だろう」

「それって全然、健全じゃない気がするんだけど……」

「バカ言うなアイリス。私を見ろ。美少女だろう？　それはもう絶世の美少女だ。私に興味を持たないマルクスやユルキがおかしいんだよ。つまりレコはまともだね。もちろん、胸に興味を持つこともね」

「団長大好きなオレは普通」

「あんた絶対普通じゃないから‼　てゆーか、アスラもそれ嫌じゃないの⁉　常に興奮されてるじゃない！　レコがその、えっと、アスラ・フェチなら！」

「特に何も思わない。ああ、でも私は女が好きなんだよレコ。悪いけどね」

「てゆーか、アスラもなんで女の子が好きなわけ⁉　ユルキとか美形だし、マルクスだって男らしくてカッコイイじゃないの！」

「私は中身がおっさんだからだよ」

「意味分からないんだけど⁉」

「うん。説明するのも面倒だから、とりあえずこの話は終わりってことで」

アスラが再び椅子に座る。

「なんでよ⁉　全然レコ反省してないよ⁉　レコ絶対また触ってくるでしょ！」

「うん。触りたくなったら触る」

「ほら‼」

「……どうしろと？　私はもうビンタしたよ？　ついでにレコの尻でも引っぱたくかね？」

「そうして‼　反省しないと意味ないでしょ‼」

「それすごく興奮する」

「やっぱりダメ‼」

「私が何してもレコは喜ぶから、あまり意味がない。自分で解決してくれ」アスラが少し笑った。「いやー、それにしても私フェチとは恐れ入ったねぇ。ははっ、面白い奴がいたものだ」

「全然面白くないから！　全然面白くない！」

「アイリスってうるさいね」

レコがやれやれと肩を竦《すく》めた。

「もー！　どうしたらいいのよぉ！」

「触られそうになったら躱《かわ》せ英雄」アスラが言う。「ついでに殴れ。アイリスなら興奮しないだろうから、そうしたまえ。でもやりすぎるな？　罰の範囲でやれ。虐待はするな」

「あたし、そんなことしないもん」

「だろうね。一応言っただけだよ。私たちはみんな、それぞれ理不尽な目に遭ってきた」

アスラも無意味に団員たちを殴ったことはない。

訓練や、命令違反に対する罰だけ。傍目《はため》だとメチャクチャに痛めつけているように見えても、後遺症が残らないよう、心の傷にならないよう、注意してやっている。

「うん……」

「だからちょっと敏感なんだよ。まぁ身内に対しては、だけど」

サルメがウーノたちに性的虐待を受けた時の団員たちのキレ具合は、アスラの記憶にも新しい。

あの時、サルメはまだ正式に仲間ではなかった。

でも仲間にしようとしていたし、みんな了承していた。心情的にはすでに身内だった。

「まぁ、サルメは身内でなくても、本気で怒るだろうね」

「だから、あたしそんなことしないってば……」

「本題に戻ろうアイリス。君は英雄だ。君は本当に強いんだよ。ちょっとアホなだけでね。だから、君にその意図がなくても、虐待に見えることがあるかもしれない。君がもし本気で殴りつけたらレコはどうなる？」

「……ケガすると思う……」

「そうだね。私は罰として適切な痛みをレコに与えた。それで興奮されてしまったけど、あのぐらいで十分だろう。もちろん、繰り返すならもっと痛みを増やすけど、私だと意味がない。レコは喜ぶ。だから君がやる。自分の力を理解し、冷静に適切な罰を、だ。いいね？」

「分かった……」

アイリスがそう返答した瞬間、レコがアイリスの胸を揉んだ。

レコは話をしている時、自然にアイリスの隣まで移動していたのだ。

アスラは知っていたが、まさかこのタイミングでまた揉むとは思っていなかった。

「どうするアイリス？」

レコが挑発的に言って、そのまま走って部屋を出た。

「……やっぱりまぁまぁ強く叩いていいぞ……。他の団員に何か言われたら、私が許可したと言いたまえ」

「ま、待ちなさいこのクソガキィィィィ!!」

アイリスがレコを追って部屋を出た。

「あれは完全にアイリスを玩具にしているな。まぁ、楽しそうで何よりだ」

アスラは魔法書に視線を落とす。

やっとゆっくり読める。

四章　一話

# 私が天性のプロファイラーかって？　少なくとも、私はフィクションの探偵たちより賢いよ

アーニア王国、貿易都市ニールタの憲兵団支部。

「わざわざこっちまで出向いてくれるとはね」アスラが言う。「伝言してくれれば、私が城下町の方まで行ったのに」

ここは取調室で、部屋はそれほど大きくない。

飾りもなく、簡素だ。

アスラは硬くて安っぽい椅子に腰掛けていて、その前にはテーブルが一つ。

「いえ。問題ありません。こちらに用があったので」

テーブルを挟んだ対面に、シルシィが座っていた。

「そうかい。それで？　頼んでいた件だよね？」

「はい。情報を入手しましたので、リストを渡します」

シルシィは制服の内ポケットから封筒を取り出す。

「これで」シルシィが封筒をアスラに見せるように持った。「借りを返したことにして頂けますか？」

「もちろん。そもそも、私は気にしていなかった。それに、苦労しただろう？」

「そうですね。わたくしには権限がなかったので、議会を招集して承認を得ました」

「よく承認されたね」アスラが笑う。「諜報機関《ちょうほう》が得た国外の情報って、普通は機密だろう？」

「まぁ、現在戦争をしている国と、今後戦争に発展しそうな国のリストですから、それほど重要なものではないですよ。ただ、東側限定のものです。アーニアは地方を跨《また》いだ諜報活動は行っていません」

「それで十分」アスラが肩を竦《すく》めた。「自分たちで情報を集めると金がかかるし、君を待っている数日間で、団員たちに新しいことを教えることができた」

「どうぞ」

シルシィが封筒をテーブルに置いて、アスラの方に滑らせる。

アスラは封筒を受け取って、ローブの内ポケットに仕舞う。

「それぞれの国の戦力や戦況、経済状況なども記されていますので、活用してください」

「ありがとうシルシィ。このあとヒマならお茶でもどうだい？」

「お誘いは感謝しますが、わたくしたちはそういう仲ではないでしょう？」

「ああ、言ってみただけだよ」

アスラが席を立つ。

「国を出るんですね？」

「そう。もうアーニアでやることがない。私たちは傭兵《ようへい》だからね。それに、私自身がそろそろ戦闘を楽しみたい」

アーニアで受けた依頼の多くが、訓練重視で遂行可能なものだった。

次は自分で指揮を執り、自分で戦いたい。

身を切られるような絶望を味わったり、勝利の美酒に酔ったり、殺したり殺されたりしたい。

もっと明け透けに言うと、強い敵と戦いたい。

「フルマフィでは満足できませんでしたか？」

「雑魚は訓練にはいいけど、私はちょっと退屈だよ」

まぁ、最後にやらかしてしまったけれど、とアスラは思った。

「……わたくしたちが潰せなかったフルマフィを雑魚扱いですか……」

「君らは法を守らなきゃいけないからねぇ。私らのようなやり方はできないだろう？　仕方ないさ」

アスラは肩を竦めてから、「じゃあまたいつか」と言って取調室を出た。

◇

傭兵団《月花《つきばな》》はその日のうちに次の目的地を決めた。

現在戦争中で、更に負けている方の国。特に揉《も》めることもなく、あっさりと決まった。

「……人口密度……」とイーナが言った。

ずっと我慢していたけど、話し合いが終わったから気が緩んだのだ。

現在、全団員がアスラの部屋に集まっていた。

この部屋はけっして狭くないのだが、全員が集まると少し窮屈に感じる。

「もう解散でいいよ。明日の朝一番で旅立とう。今日はこのままオフで……」アスラが出入り口に視線を送る。「鬱陶しいなぁ……」

「なぜ普通に訪問できないのか」とマルクスが苦笑い。

「これ、アクセルじゃねぇよな？　誰だ？」とユルキが短剣を両手に装備。

「……英雄でしょ、どうせ」とイーナも短剣を構えた。

「英雄さんには、闘気を出しながら訪問するという決まりでもあるんでしょうか？」

「団長、サルメが冗談言った！」

レコが弾んだ声を出した。

「構えなくて大丈夫よ」ルミアが言う。「戦う気ならもう蹴破られてるでしょ」

「あたし、闘気出しながら部屋入ったことないでしょ？」

アイリスが真面目に言った。サルメの冗談への返答だ。

「入っていいよ！」アスラが少し大きな声で言う。「できれば闘気よりノックが好みだがね！」

ドアが開いて、四〇代前半の女性が入室した。

クリーム色の髪を低い位置で一つ結びにしていて、微笑《ほほえ》みを浮かべている。

「あら？　すごい人口密度ねー」

女性は闘気を仕舞ってドアを閉めた。

「エルナ様⁉」アイリスが驚いたような声を出した。「どうしてここに⁉」

「用事があるからに決まってるじゃなーい。お馬鹿さんねー」

エルナはニコニコしながら座る場所を探したが、見当たらなかったようで、小さく右手を広げた。

エルナの服装は、暗いグリーンの服の上に、暗い茶色のベスト。グリーンの服にはフードが付いている。ズボンとブーツはベストと同じ色。

背中には矢筒が装備されていて、左手で小さな弓を持っていた。

ロビンフッドみたいだ、とアスラは思った。

「本当、人口密度……」とイーナが呟《つぶや》く。

「エルナ・ヘイケラ？　大英雄の？」

ルミアが少し驚いたような声を出した。

「そうよー、初めましてルミア・オータン。お姉さんとは《魔王》討伐でご一緒したのよー」

「わたしはルミア・カナール」

ルミアが肩を竦めた。

「そんなことはいい」アスラが言う。「闘気を出しながら訪問するな。普通にノックしたまえよ」

「えー？　だって、アクセルが闘気出したら気付いてくれるから、って言うんだものー。ねー、わたし座りたいんだけど、椅子譲ってくれない？」

「ほらよ」とユルキが立ち上がった。

エルナはその椅子に浅く腰掛ける。

ちなみに、アスラとサルメはベッドに座っていて、マルクスは壁にもたれている。

ルミアは別の椅子に座っていて、レコは床。

イーナはさっき、短剣を構えた時は立っていたのだが、今はまた床に座っている。

アイリスはマルクスとは逆の壁にもたれていた。

「ああ、そうだ」アスラが何か閃《ひらめ》いたように言う。「ちょうどいいから、みんな応用訓練で教えたやつを実行したまえ」

「エルナを相手にですか？」とマルクス。「自分たちはオフでは？」

「では、この瞬間にオフはエルナが帰ってからに変更しよう」

「あらあら。わたしは何をされるのかしらー？」

エルナは楽しそうに笑った。

「余裕ぶっているけれど」ルミアが言う。「弓を握る左手に少し力が入ったわ。警戒しているのね。さすが大英雄。どこかの誰かとは違うわね」

「エルナ・ヘイケラは弓を扱う大英雄」マルクスが言う。「元々は狩人《かりゅうど》だったはず。戦士たちに弓の有効性を叩《たた》き付け、散々臆病者とバカにされていた弓一本で上り詰めた。よって、強気で勝ち気な性格。負けず嫌いで信念が強く、拷問に屈することはないでしょう」

「……服装は暗めだけど、たぶん好きな色じゃない」イーナが言う。「狩人の出だから、そういう服なだけ……好きな色は赤？」

「ええ。赤は大好きよー。なぜ分かるのかしら？」

「負けず嫌いの奴《やつ》は赤が好きなんだってよ」ユルキが言う。「他に赤色好きの特徴としては、決断が早くて、人の上に立つのに向いてんだったか。ああ、それから、喧嘩《けんか》っ早い」

「エルナさんのつま先は団長さんの方に向いています」サルメが言う。「この中で、エルナさんが一番興味を持っているのは団長さんですね」

「ちょっと待ってー」エルナが言う。「わたしは何をされているの？　なぜわたしのことを知っているの？　わたしを調べていたの？　それとも、今、調べているの？」

「今の言葉で分かるのは」レコが言う。「本当に団長に興味があるってこと。それから、この人、すごく頭がいい。たぶん柔軟な思考ができる」

「そうね。何をされているのか理解できなくて焦ったけれど、すぐに推論したわ」ルミアが言う。「表情は驚きで一杯だけれど、なんだか嬉《うれ》しそうにも見えるわね。状況を楽しむ強さがあるわね。脳筋戦士たちとは違う。英雄の中でもきっと浮いているわ」

「今までの受け答えで、精神的な不安定さは見えない」マルクスが言う。「感情もしっかり動いているようだし、団長やレコみたいなタイプではない。しっかりとした理由なしには他人を傷付けない。だがバカにされるのは嫌いだろう。キレるとしたら、舐《な》めた態度を取られたり、弓をバカにされた時か？」

「今はそんなにキレないわよー」エルナは小さく息を吐いた。「弓をバカにする人も減ったしねー」

「……返答が早いから、自分に自信がある……。たぶん実力だけじゃなくて、容姿にも……」

「ま、若い頃は綺麗《きれい》だったんだろうなーってのが分かる。いや、今も十分、その年齢にしては綺麗だぜ？　ちゃんとしてる。女を捨ててない。ってことは……」

「てゆーか、あんたたちすごくない？」アイリスが言う。「なんでできるの？　あたしも説明聞いてたけど、全然できないわよ、それ」

「それ、じゃなくてアスラ式プロファイリング」アスラが言う。「元々は犯罪者を特定するためのものだけど、私が改良を加えている。表情の観察と行動科学的分析、統計学、それから演繹《えんえき》的推理を用いて相手を知る技術だよ。相手を理解すれば、行動や言葉の先が読めるし、有利な状況を作ることも可能だし、いざという時に役立つ。ちなみに、君ができないのは真面目に聞いてなかったから。自分には関係ないと思っていたから。団員たちは私の教えることをちゃんと聞く。聞かないと罰を与えるからだけどね」

「自分は団長を尊敬しているので、罰などなくても聞きますがね」

マルクスが肩を竦めた。

「さっきの続きですが」サルメが言う。「女を捨てていないのは、恋人がいるからですか？　結婚指輪はないですし、していた痕もないので、未婚です。恋人も英雄ですか？」

「わたしのプライベートまで丸裸にされる理由はないわねー」

「そう言いながら、左右で顔の表情が違う」レコが言う。「図星で焦った表情と、言葉の通りの少し怒った表情。だから恋人は英雄」

「恋人じゃないわー。プライベートの話は……」

「寝てるだけ、ってことね。誰かしら？　アクセル・エーンルートかしら？」

ルミアが言うと、エルナは目を見開いた。

「今のは知っている名前を挙げただけで、確証はなかったの。その表情を見るまでは」

ルミアが肩を竦めた。

「なぜ隠すのか、自分には推理できませんね。可能性が多すぎる」

「では私が手本を見せようマルクス」アスラが薄く笑う。「ずっと昔から寝ているからだよ。大英雄になる前からね。つまり、エルナは身体で大英雄の座を買ったと思われたくないんだよ。そんなことを思う奴も、少しはいるだろう？　それが嫌。どうかな？　おや？　表情を見る限り、正解って感じだけど」

ここで必ずしも正解を言う必要はない。今回は運良く一発で正解したが、本来は相手の反応を見ながら正しい答えを探る。

「いいわ、もう分かったわー。全部正解、正直、すごすぎて理解が追いつかないわねー。今会ったばかりで、丸裸にされるなんて思わなかったわー。本当、あなたたちは危険で、そして賢いわー。マティアスちゃんを殺して、それを隠し通せそうなぐらいにねー」

「強引に話を変えようとしたのは」サルメが言う。「アクセルさんのこと、本気で好きだからあまり突っ込まれたくないのでしょうか？　だとしたら……」

「この人の弱点はアクセル」レコが笑う。「操るならアクセルを人質にすればいい。物理的にじゃなくても」

「言っておくけれど」エルナが怒ったように言う。「アクセルの左手を吹き飛ばしたこと、アクセル以上にわたしの方が怒ってるのよー？　だからもう終わり。用事を済ませるわねー？」

「勝手に決めるな。これは訓練の一環で、私がいいと言うまで続ける。まだ本題が残っているからね。

さぁ、この状況で敵対した場合、どうエルナを制圧する？　あるいは殺す？」

「ちょ、ちょっとあんたたち！　なんてこと言うのよ！」

「いいのよアイリス、それ、わたしも聞きたいわー」

エルナは酷《ひど》く真面目な表情で言った。

「この室内じゃ、弓は不利よ」ルミアが淡々と言った。「たぶんナイフもベストの下に忍ばせているでしょうけど。わたしの見立てでは、利き腕を潰せばそれで十分ね。殺すにしても、戦闘不能にするにしてもね。でも、アスラの【地雷】はアクセル様に聞いて知っているでしょうから、まず当たらないわね。最優先で躱《かわ》すはず」

たぶん、【閃光弾《せんこう》】についても知っているだろう、とアスラは思った。

英雄たちはマティアスの件で散々情報収集をしているのだから、ついでに知ったとしても不思議じゃない。

「弓を左で持っているし、身体の筋肉のバランスを見る限り、右利き。よって、右腕を潰して戦闘能力を奪うのが最善。やり方は時間差攻撃。自分たちは現状でエルナを囲んでいる。タイミングを少し外しながら全員でかかる。同時だとお互いが邪魔になる可能性が高い。もちろん殺すつもりでかかる。魔法の使用に関しては、団長の指示を仰いでからだ」

マルクスは言いながら、チラッとユルキを見た。

室内なので、ユルキの火属性は危険だ。

有効なのはイーナの【加速】。

「俺らの攻撃、全部は躱せねぇ。この部屋ん中じゃ、ってことだがよぉ。誰か一人が右腕を潰せりゃ、もう勝ちだな。蹴り技も使えなくはねーだろうけど、純粋な体術ならたぶん俺らの方が上だぜ」

エルナはあくまで弓使い。格闘家ではない。よって、弓さえ封じてしまえば、エルナの戦力は激減する。

「……でも、最初に攻撃した一人か……多ければ二人はこっちも死ぬ……。たぶん一人はあたし。でも、団長がやれって言うなら……もちろんやる」

「アイリスさんが邪魔をする可能性があります」サルメが立ち上がって、アイリスの隣に移動した。

「私とレコで抱き付いて、動けなくします」

「アイリスどうせ、オレやサルメを殺せないしね」

レコもアイリスの隣まで移動した。

「そこまで言ってやっても、君は身構えないのかねアイリス」アスラが苦笑いした。「お花畑もたいがいにしたまえ」

「……やんないでしょ？　今って、敵対した場合の話でしょ？」

「なぜ敵対しないと思う？　君に未来を視《み》る能力があったとは驚きだよ。ああ、それと、エルナは臨戦態勢だよ？」

「え？」

アイリスが驚いたようにエルナを見た。

「アイリス。分からないの？　彼ら、やる気よ？　そして彼らは正しいわね。わたしは弓使いなのよー？　屋外なら負けない自信あるけど、室内じゃ、わたしの良さは半減しちゃうのよねー。ファイア・アンド・ムーブメントがわたしの基本だものー。だから、アスラちゃんの合図で、わたしは死ぬわねー。二人じゃなくて、意地で三人道連れにするけれど」

そして短い沈黙。

「よし、訓練終了。みんな楽にしていい」

アスラが大きく手を叩いた。

その瞬間に、室内の不穏な空気が一気に消える。

「すごいわねー」エルナは安堵《あんど》したように言った。「訓練であれだけの殺気を出すのー？　わたし、本気で攻撃されると思っちゃったわー。それが理解できないなんてアイリスは本当にお馬鹿さんねー」

「実際にやると仮定しているからね」アスラが笑う。「悪かったねエルナ。私たちは君と敵対する気はない。あくまで訓練だよ」

「心臓に悪いわねー。寿命が縮んだわよー。悪いと思っているなら、依頼を請けてくれれば許すわよー？」

「依頼ね。まぁ聞くだけ聞こうか。でも、なぜ君がファイア・アンド・ムーブメントを知っている？」

「あらー？　わたしが実践してたことと同じだったから、名前を使わせてもらってるのよー。ダメかしらー？」

「いや、別に構わんよ。それで？　依頼内容は？」

「南の大森林の調査員の護衛。大森林だから、当然、魔物が出るわねー。未踏の地だから、上位の魔物が潜んでいる可能性も。どうかしらー?」

# 「ねぇアスラちゃん。英雄にならない？」どう考えても、団長は《魔王》側だっつーの！

「断る。魔物がたくさん出るのは魅力的だが、そろそろ普通に戦争がしたいね。人間同士で血塗《ちまみ》れの地獄を創り上げるのさ。とっても楽しいよ、きっと」

　ククッ、とアスラが笑う。

「なるほどねー」エルナが言う。「その笑い方ねー。アクセルが言ってたのは」

「ん？　私の笑顔が素敵だって話かい？　アクセルがそんな話をしているとはね」

「団長の笑顔は太陽みたい」とレコ。

「だとしたら、みんな焼き殺されるだろうぜ」とユルキ。

「とりあえず二〇万ドーラを前金で渡す予定だけどー、それでも断るのー？」

「魅力的な金額だけど、戦争がしたいんだよ私は」

　血で血を洗うような凄惨な戦場が好きだ。

　怒号と悲鳴が入り交じった壮絶な戦場が好きだ。

「護衛で二〇万ドーラは魅力的ですよ団長」マルクスが言う。「それに前金と言ったので、成功報酬が別にあるかと」

「そうねー。もし上位の魔物が出たら、一匹につき一〇万ドーラを追加報酬として渡すわー。どうかしら？」

「上位の魔物は少し危険ね」ルミアが言う。「確か、英雄が一人では対処に困るから、基本的には二人以上で対応する魔物の区分でしょう？　単純に英雄並みの魔物もいるってことだわ」

「……それはキツイ。あたし、この前まで……中位の魔物もキツイと思ってたから、やってみないと……分からない部分もあるけど」

あの時の団員たちは、自分たちの強さをハッキリ認識できていなかった。

まだ二回目の仕事だったので、仕方ない部分もある。

今はもちろん違う。

その証拠に、イーナはキツイと言ったが無理だと主張しなかった。

「上位の魔物なら、私たちの実力に見合った敵だと思うけれど」アスラはまだ渋い表情をしていた。

「うーん。私としては、やっぱり戦場に行きたいという気持ちが強いなぁ」

「正直に言うとねー」エルナが笑う。「アイリスに魔物討伐を経験させてあげてほしい、というのもあるのよー」

「そこまで面倒みる義理はないよ。アクセルに育成費用を貰《もら》ったけれど、あくまで普通に戦えるようにするためのもので、魔物討伐を教えるためじゃない」

「えっと、育成費用って何？」アイリスが言う。「あたし、アスラたちの監視じゃないの？　毎日ちゃんとアクセル様に手紙出してるし」

「ええ。愉快な手紙ねー。わたしも読ませてもらってるわー。そうじゃなくてね、傭兵《ようへい》団《月花《つきばな》》

と関わることで、あなたの成長を促す狙いもあるのねー。だから、アスラちゃんに少しだけお金を渡して、あなたに色々と教えてあげてって頼んだの」

エルナの発言に、アイリスは酷《ひど》く驚いたような表情を見せた。

「だから私はいちいち君の質問に答えたり、色々レクチャーしてるだろう？　ルミアも君の稽古相手になったり、他の団員も何気に君を気遣ってる」

「オレが一番構ってあげてる」とレコ。

「あんたは胸に触りたいだけでしょ！」

アイリスが怒鳴ると、レコは楽しそうに笑った。

「ねぇアスラちゃん、わたしねー、二〇年後は魔法兵や魔法戦士が主流になると思ってるのよー」

「ほう」

「だから、アイリスには最先端にいて欲しいのねー。時代に取り残されない、最強にして最高の大英雄になってほしいのねー。ジャンヌ以上の才能があるのよー、アイリスには」

「それはどうかしら？」

ルミアが少しツンとして言った。

「何が言いたいんだい？　エルナ」

「アイリスを魔法兵にしてくれないかしらー？」

「え？」とアイリス。

「断る。団員でもないのに、ノウハウを全て教えるつもりはないね。どうしてもと言うなら、一〇〇万ドーラで教えてあげてもいい。それだけの価値があるよ、魔法兵にはね」

「良かった……」

アイリスがホッと息を吐いた。

「じゃあ団員にしてあげてー」

エルナがサラッと言ったので、アスラも団員たちも面食らった。

アイリスに至っては、口を半開きにして驚いている。

「私は構わないけど、アイリスの意思が問題だよ。それに私の命令は絶対だよ？　アイリスが素直に従うとは思えないし、命令違反の度にアイリスを罰するのも面倒だね」

「大丈夫よー、ねーアイリス？」

「嫌だし！　絶対に嫌よ！　エルナ様はこいつらが人でなしだって知らないからそんな簡単に言うのよ！　無理！　あたしアスラの部下なんて絶対無理！」

「困ったわねー」エルナが右手を自分の頬に添える。「ドーラを払って技術だけ教えてもらう場合、分割でもいいのかしらー？」

「構わないよ。アイリス的にも、団員になるより技術だけ教わる方がいいだろう。でも、アイリスのやる気によっちゃ、基礎訓練過程を受けるまでに一年ぐらいかかるかもしれない。魔法を覚えなきゃいけないしね」

「基礎訓練過程ってなーに？」

「立派な魔法兵になるための短期集中講座」マルクスが言う。「試験と言った方が伝わりやすいかもしれんな」

「考え直せよ」ユルキが言う。「そこに至るまでがまず地獄で、そこに至ったら更なる地獄だぜ？　また地獄へようこそってか？　やめとけ。アイリスに耐えられるとは思えねーよ」

「……アイリス絶対泣く。絶対。……拷問訓練で逃げ出すかも……」

「は⁉　バカにしないでよ！　泣かないし！　逃げないし！　イーナにできたなら、あたしにだってできるし！」

売り言葉に買い言葉。

アイリスは別に魔法兵になりたいわけではない。

イーナに反発しただけ。

「でもアイリス」ルミアが言う。「あなたが二発で失禁した鞭打《むちう》ちあるでしょう？　あれ、最低でも五打は耐えなきゃいけないのよ？」

その言葉で、アイリスがガクガクと震えて、「無理……そんなの無理……」と呟《つぶや》く。

「アイリスは打たれ弱いからね。拷問訓練は特別に受けさせてあげようかなって思っていたんだよ。でもまぁ、一〇〇万ドーラ貰えるなら、ちゃんと魔法兵にしてあげるよ。アイリスがなりたいなら、だけどね」

「なりたいわよねー？」

「……嫌だし……」

「困ったわねー。どうして嫌なの？　時代に取り残されちゃうわよー？」

「……だって鞭打ち怖いもん……」

アイリスはボソボソと言った。

エルナは溜息《ためいき》を吐いた。

「まぁ強要はしないけれど、今のアイリスを《魔王》討伐に連れて行ったら、すぐ死んじゃいそうだし、個人的には魔法兵になってほしいわー」

超自然的、かつ定期的に出現する《魔王》の正体は誰も知らない。

ただ、《魔王》は人間に対して大きな憎悪を抱いている。

悪意の嗤《わら》いとともに、ひたすら破壊に明け暮れる。

そんな《魔王》を、英雄たちは倒さなくてはいけない。地方を問わず、全ての英雄が集結して、命を懸けて戦う。アイリスだけ除外されたりはしない。

それが英雄の最大の義務だからだ。

「本当に困ったわねー」エルナが言う。「わたしはアイリスに死んでほしくないのよー？」

「あたしが死ぬって決めつけないでよ」

「いや死ぬね」アスラが笑う。「秒だよ、秒」

「なんでバカにするのよ⁉　アスラあたしのこと強いって言ってくれたじゃない！」

「だって君、まだお花畑だしね。《魔王》にお話ししましょう、とか言いそうじゃないか」

「さすがに《魔王》にそんなこと言わないわよ！」

「そうかい？　私はそういう君が好きだし、眩《まぶ》しく感じることもあるんだけどね」

「そりゃ俺もっすよ」とユルキが肩を竦《すく》める。

「闇を漂う自分たちには、確かに眩しい」とマルクス。

「……バカが治ればそれでいいと思う……」とイーナ。

「アイリスさんには光の中を歩いてほしいです。私はもう無理ですけど」とサルメが笑った。

「オレ、アイリス嫌いじゃない。胸柔らかいし」とレコも笑う。

「わたしたちはみんな、アイリスを買っているのよ、エルナ様」ルミアが言う。「だから、魔法兵じゃなくてもちゃんと戦えるようにするわ」

「あらあら？　アイリスは人気者なのねー」

「はん。君ら大英雄だろ？　アイリスが大好きなのはさ」アスラが肩を竦める。「いいよ、分かった。南の大森林に行ってあげよう。別途、一日一万ドーラの経費も払ってくれるならね」

「案外、アスラちゃんがめついのねー」エルナが笑う。「いいわー。払うわねー」

「仕事の安売りはしないよ。見合った報酬が欲しいだけさ。まぁ、大森林では調査員を護衛するとともにアイリスを鍛える。《魔王》なんかにアイリスが殺されたんじゃ、私らも寝覚めが悪い。アイリスが魔法兵になるかどうかは、ゆっくり考えればいい。今のままでも、普通に大英雄にはなれるだろう」

いつか。

いつの日か。

自分たちで育てたアイリスが敵に回るかもしれない。

でも、それって最高だろう？

ある日、唐突に告白するのさ。

やあアイリス、実はマティアスを殺したのは私たちなんだよ、ってね。

きっと胸が引き裂かれるほど悲しくて、痛みと憎しみと愛情の入り交じった辛《つら》い戦いになる。

ゾクゾクするよ、私は。

「おい。団長が悪そうな笑み浮かべてんぞ。何か企《たくら》んでるぞ。やべぇ気がするぜ俺は」

「実に不穏だ」

「……絶対によくないこと。それだけは確信できる……」

「ふん。とにかく、明日には出発しよう」

「助かるわー」エルナが笑う。「魔法兵の件は、アイリスがよく考えておいてねー」

「……分かったけど……」

アイリスは俯《うつむ》いて、やはり乗り気じゃない。

いや、この反応は違うな、とアスラは思った。

アイリスの頬は朱色に染まっていた。照れているのだ。

「それじゃあ、次のお話ねー」

「まだあるのか……」マルクスが苦笑いする。「多くないか……」

「ねぇアスラちゃん。英雄にならない？」

エルナは大切なことをサラッと言ってしまう。

前置きも何もなし。

団員たちが硬直してしまう。

アスラも驚いた。

「いや、いやいやいや！」ユルキが言う。「ない！　それはない！　世界滅ぼす気かよあんたは！」

「特権だけ振りかざして義務を無視」マルクスが言う。「即座に称号を剝奪《はくだつ》される団長が目に浮かぶ」

「……団長は、英雄より《魔王》と友達になるタイプ……。だからダメ……。それだけはダメ……」

「わたし今、倒れるかと思ったわ」ルミアが自分の額を押さえた。「とんでもない発言よ？　エルナ様は世界の敵か何かなのかしら？　恐ろしいわ……」

「あらー？　実力者に声をかけるのは普通でしょー？　どうアスラちゃん？」

「いや、面倒だから遠慮しておくよ」

メリットもあるが、デメリットも大きい。

取り分け《魔王》退治は最悪だ。

何が最悪かって、
アスラが自分で指揮を執れないこと。

いつか団を大きくして《魔王》を倒したい気持ちはある。楽しそうだから。

でも、魔法兵ではない英雄たちと連携なんて考えられないし、脳筋たちに戦術理解があるとも思えない。

毎回英雄の半分が死亡するのは、結局のところノープランで突っ込むからだとアスラは思っている。

個の力を寄せ集めたって限界がある。

「じゃあ、英雄選抜試験に合格する自信はあるのねー？」

英雄を選抜するための試験は、地方によってやや基準が異なる。ただ、戦闘能力が高いことだけは全地方で共通。

ちなみに、東フルセン地方の英雄選抜試験は三次選考まである。

一次選考で、基本的な戦闘能力や体力のテスト。

二次選考で、人格のテスト。いわゆる面接だ。ここの基準が、地方でやや異なる。

西側は面接自体が存在せず、強ければそれでいい。

中央では、信仰心が大切な要素となる。

東側では、礼儀や英雄らしさなど、曖昧な感じ。

二次選考まで通過して初めて、英雄候補を名乗ることができる。この時点で、かなり絞り込まれている。

そして三次選考では、実際に英雄候補同士が戦い、一番強い者だけが英雄の称号を与えられるのだ。

一次選考から数えると、腕に自信のある数万、あるいは数十万人の中のたった一人だけ。

故に、英雄は強い。単純に強い。

まぁ、三次選考は定期的に開催されるので、負けたとしても次がある。

腕を磨き、何度も挑戦することができる。

初めての三次選考で英雄になれたのは、歴史上たった二人だけ。

ジャンヌ・オータン・ララとアイリス・クレイヴン・リリ。

エルナですら、二回落ちている。

「二次選考を通してくれるなら、三次は余裕だろうね。皆殺しにしていいなら、だけど。殺していいなら私対残り全員でもいい」

「エルナ様、アスラは本当にその条件でも勝つわよ。保証するわ。英雄候補をみんな死なせてもいいなら、アスラは合格できる。絶対よ。アスラに殺せない人間なんてこの世にいないわ」

ルール無用なら、アスラは英雄ですら殺してしまえる。

そのことをもうルミアは知っている。

そして、自分たちにもそれができてしまうと気付いたはず。

傭兵団《月花》が恐ろしいほどの作戦遂行能力を持っていると知ったのだ。

まぁ、アスラは最初から知っていたけれど。

「殺さずに、だったらどうー？」

「面倒だからそもそも試験に出ない」

「出たと仮定して」

「ふむ。どうかな？　手足を消し飛ばすのはあり？」

「それもダメよー。戦士生命を奪わないことが条件。どうかしら？」

「そこまで制限されると、相手によるね。試合形式は苦手だよ、私は」アスラが苦笑いする。「私は基本、殺し合いが生業でね。正直、ルールの多い試合形式だと、アイリスにすら勝てるか怪しいね」

「怪しいっていうか、あたしアスラに勝ったわよね⁉」

アイリスが激しく抗議した。フルマフィの支部での戦闘を言っているのだ。

「三歳の私にね」アスラが肩を竦める。「しかも理性がぶっ飛んだ私」

「アイリスと五分なら、十分なのだけど……」エルナが真剣な口調で言う。「それにねー、本当はアスラちゃんのような人物こそ、《魔王》討伐に必要だと思っているのよ、わたしは」

「私もそう思うよ。なぁに、心配するなエルナ。いつか私が団を大きくしたら、《魔王》も狩ってみせるさ。そこで君たち英雄はお役ご免となるがね」

ハハッ、とアスラが笑った。

「それでも、できれば英雄になってほしいわねー。アイリスと二人で、次世代の英雄になって欲しいのー」

「もしもの話だが、私がマティアスを殺していたら？　それでも英雄になってほしいかね？」

場が凍り付いた。

団員たちの「このクソアマ、何言ってやがんだ殺すぞ」という表情が面白かった。

「証拠がないわねー、だから殺していないのと一緒よー」

エルナは冷静を装っているが、少し表情が引きつっている。

「では、もしも私がやったと告白したらどうだね？　それでも私を英雄にするかね？」

「……知ったのがわたしだけなら、目を瞑《つむ》るわー」

その発言にはみんなが驚いた。

「マティアスちゃんには悪いけど、アスラちゃんの方が上だったってことでしょー？　なら、やっぱりアスラちゃんの方が役に立つわー」

「君はやはり、英雄の中では浮いているね。頭が良すぎるんだよ、きっと。思考が柔軟で、合理的。周りがみんなバカに見えて辛《つら》かっただろう？　他の英雄たちは報復一辺倒だろう？」

「ええ。そうねー。でも、わたしも報復のつもりだったのよー。でも、あなたたちに会って考えを変えたわー。もしあなたたちが犯人なら、報復するより利用した方がいい、って」

「なるほど。よく分かった。ちなみに、マティアスは殺してないから安心したまえ。あと、英雄の件は断る。気ままな傭兵が向いているからね、私は」

「そう。残念ねー」エルナはベストの下から封書を取り出す。「これを持ってコトポリ王国のカーロ・ハクリに会って。大森林探索の第一人者よ。彼の護衛が仕事。よろしくお願いねー」

# 四章　三話　ダンス・パーティを楽しもう　ルールは単純、踊り疲れて倒れるまでさ

コトポリ王国、城下町。

「本当に活気があるね。大森林に接しているとは思えない」

ゆっくり馬を歩かせながら、アスラが言った。

「そうですね」

マルクスは拠点である荷馬車をゆっくりと歩かせながら応えた。

マルクスの隣にはアイリスがちょこんと座っていた。

「魔物って、大森林から来るんだよね？」

馬に乗っているレコが言った。

誰かの後ろではなく、レコが自分で馬を操っている。

移動がてら、レコとサルメに馬の扱い方を教えたのだ。

「そうだよレコ。全部ではないが、多いね」アスラが言う。「だから、もっと殺伐とした国かと思ったけど、情報通り、結構潤っているみたいだね」

大通りの両側に数多くの屋台が出ている。

人の数もそれなりに多い。

アスラたちの荷馬車や馬が邪魔なのか、苦い表情でこっちを見ている人もいた。

「良質な木材のおかげ、ですよね？」

サルメも自分で馬を操っている。

ちなみに、ユルキとイーナは荷馬車の中で休んでいる。

ルミアは馬に乗っているが、荷馬車の背後に付けているので、会話は届かない。

もちろん、普段ならその位置でも声は通る。大通りの喧噪《けんそう》にかき消されるので、今は届かないというだけ。

「そうだね。コトポリは大森林を伐採して、その木材を輸出することで成り立っている」

アスラたちはコトポリに入る前に、簡単な情報収集は行っていた。

アーニアからコトポリに辿《たど》り着くまでに、二つの国を越えたので、情報収集する時間的余裕は十分にあった。

「大森林に隣接しているので、コトポリの領土を狙う国もありませんし、自分が思うに、他国より平和ですね。短い期間ですが、騎士時代に駐在していたこともありますので」

コトポリは大森林を伐採して領土を拡張しているが、それは隣国も同じ。キッチリ取り決めがあって、領土で揉《も》めることもない。

「確かに平和に見えるね。対魔物訓練を受けた兵たちがいて、更に蒼空《そうくう》騎士団の支部もある。上位の魔物が出てこない限り、対応は可能だろう」

「中位の魔物がいっぱいいたら？」とレコ。

「どうだろうね。数が多いと、割と酷《ひど》いことになるかもしれないね」

中位の魔物は、訓練された一小隊では対応できないけれど、英雄なら一人で対処できる強さの魔物を指す。区分範囲が広いので、強さにかなりの個体差がある。

テルバエ大王国が使役していた中位の魔物は、アーニア兵では太刀打ちできなかったが、英雄候補のプンティが一人で倒せる程度の強さだった。

つまり、中位の中では弱い方だったということ。

「あの、団長さん、私、宿の手配をしてきましょうか?」

サルメが気を使って言った。

「いや。マルクスが行ってくれ。拠点が邪魔だからね。アイリスはこっちに飛び移って」

「了解です。その後はどうします?」とマルクス。

「ユルキかイーナでもいいけど、調査団の事務所に迎えに来てくれ。どの宿か推理して自分で辿り着けというなら、そうしてもいいけれど」

アスラが肩を竦《すく》めながら冗談を言った。

アイリスが立ち上がって、アスラの馬に飛び乗った。

馬が少し驚いたが、アスラがすぐに宥《なだ》める。

「了解です団長」マルクスが遠くを見て目を細めた。「……蒼空の支部か。懐かしいな」

マルクスの視線の先に、高い壁と大きな建物。

青い剣と青い盾の紋章が描かれた旗が、壁の上に何本か立っている。

その旗が風で少し揺れていた。

「あれの隣が調査団の事務所だったね。じゃあマルクス、あとで。サルメとレコは無理せずゆっくり来てもいいよ。面倒だから人を撥《は》ねないように」

アスラが振り返って言った。

サルメがルミアに声をかけたのを確認して、アスラは馬の速度を上げた。

◇

調査団の事務所はこぢんまりとしていた。

前世でいうところの、少し大きめなプレハブ小屋みたいな感じ。敷地もさほど広くないが、倉庫は大きい。

事務所の中には三人しかいなかった。

女性が二人と、男性が一人。

「……君たちが護衛？」

男性が不安そうな面持ちで言った。

男性は執務机に座っていて、アスラたちは立っている。

イーナがこの場にいたら、「人口密度」と呟《つぶや》くに違いない。

「その書状の通りだよ」

アスラが淡々と言った。

エルナから受け取った書状を、すでに男性――カーロ・ハクリに渡している。

当然、カーロはすぐに目を通した。

「……いや、でも、僕は今回未踏の地まで行くから、エルナ様に護衛してもらいたかったんだけど……」

「私たちの方が適任だよ」

「いや……そうは言っても……」

カーロがアスラたちを順番に見回す。

「女と子供しかいないじゃないか、って顔だね」

「実際そうだよね……」

カーロが引きつった笑みを浮かべた。

カーロは三〇代前半で、身体はがっしりしている。探検家なので、鍛えているのだ。

身長はそれほど高くない。髪は茶色で短め。服装はそこらの村人と大差ない。

「こっちの金髪ツインテールはアイリス・クレイヴン・リリ」アスラが左手でアイリスを示す。「れっきとした英雄だよ」

「その名前は知っているけど……うーん。不安だよ……。君たちに頼むぐらいなら、蒼空の人たちに頼んだ方がマシそう……」

「おい。私は舐《な》められるのが嫌いだ」アスラがムスッとして言う。「だから、特別に私たちの訓練を見せよう。それから判断したまえ。私たちの戦うところを見て、それでも不安なら蒼空の連中と大森林に入って死んでしまえ」

「ちょ、ちょっとアスラ、言い方、言い方」

アイリスが肘でアスラの腕を突いた。

「どうするカーロ？　私たちは君がいなくても大森林には行く」

アイリスに魔物討伐を経験させるためと、団の経験値を向上させるためだ。

わざわざ東フルセンの最南端まで来ているのだ。何も得ずに帰るわけにはいかない。

「分かった。君たちの訓練を見せてくれ」カーロが言う。「それで判断する。ダメそうなら、悪いけど帰ってくれ。遊びじゃないんだよ、大森林の調査は」

「成果を持ち帰れば国が買ってくれるしね」

アスラが笑う。

コトポリ王国の政府は、大森林の調査に消極的。

どうせ伐採を続ければ、いずれ向こう側まで辿り着くだろう、という考え方。

そんなことより、魔物への備えに金と時間を割いた方がいい。

だから、国主導での調査は滅多に行わない。けれど、民間の調査報告は買い上げてくれる。

「それも大切だけど、僕にとって探検は生き甲斐《がい》なのさ。幸い、英雄たちが協力してくれるから、今まで何度も調査に出て、帰還を果たすことができてる」

大森林の調査に特に熱心なのはエルナだ。探検が好きなのではなく、まだ見ぬ脅威への警戒と英

雄たちのレベル上げが目的。

「私たちでは帰還できない、と？　そう思うんだね。分かった。その思考を覆してあげるよ」

◇

「紅白戦を行う。魔法はナシ。カーロに分かり易《やす》いように、近接戦闘を主とする」

アスラたちは蒼空騎士団の屋外訓練所を借りた。

貸してくれと頼みに行ったのはアイリス。英雄特権で敷地の一時的な徴収を行うことができるから、アスラがアイリスを行かせた。

まぁ、その特権を使うまでもなく、快く貸してくれたのだが。

拠点から持ってきた木製の訓練用装備をサルメとレコ以外がクルクルと回したりしている。

「元蒼空騎士のマルクス・レドフォードだろ、あいつ」

「二回目の英雄選抜試験でやらかして、エリートコース外されたんじゃなかったか？」

「学生の訓練教官にされたんだよな？　現役バリバリの時期に。辞めて傭兵《ようへい》になったのか？」

蒼空騎士たちが面白半分にアスラたちの様子を見ていた。

「よぉマルクス、何やらかしたんだ？」とユルキ。

「別に。《月花《つきばな》》だったら普通のことだ」

マルクスが肩を竦めた。

「さてチーム分けだが、ガチでやるよ君たち。それぞれのチームの指揮は私とルミアが執る。負けたチームの連中が今夜の食事を奢《おご》る。もちろん最高級の食事にする」

アスラの言葉に、団員たちの目が輝く。

「サルメとレコは隅っこで近接戦闘術の稽古をしていたまえ」

「はい団長」

「はい団長さん」

レコとサルメが返事をして、訓練所の隅に移動。

「戦力をなるべく均等にしたい。私が当然最強だから、お荷物のアイリスを引き取ろう」

「誰がお荷物よ⁉　あたし英雄よ⁉　お荷物扱いは酷くない⁉　試合形式なら負けないんだからー！」

今回の紅白戦にはアイリスも参加する。

最大の目的が、カーロを納得させることなので、アイリスの実力も示しておく必要があるからだ。

「最強を名乗るなら、わたしを倒してからにしてほしいわね」ルミアが言う。「そっちがアイリスなら、わたしはマルクスね。お荷物という意味じゃないわよ？　実力的に、よ？　アスラが英雄を取るなら、ってこと」

「はい副長。理解しております」

マルクスがルミアの隣に移動。

「私は君を何度も倒したじゃないかルミア。年を取ると忘れっぽくなるのかね？」アスラがニヤッと笑う。「イーナをもらおう」

「……はぁい」

イーナがアスラの隣に立つ。

「あら？　魔法なしでこういう形式なら、まだわたしの方が上じゃないかしら？」ルミアも笑った。

「あと、アスラも気付いたらすぐ三〇前になるわよ？　ユルキをもらうわ」

「うぃっす。副長は何歳でも綺麗《きれい》っすよ」

ユルキがルミアの側《そば》に移動した。

「一分の作戦会議。のちに戦闘開始。合図はカーロが出したまえ」

「あ、えっと、僕？」

カーロが自分を指さす。

「ほら、これを使いたまえ」

アスラはローブの内ポケットに仕舞っていた一分の砂時計をカーロに投げ渡した。

「何て言えば……いいのかな？」

「ダンス・タイムと叫べ」

「ダンス・タイム？」

「パーティ・タイムでもいい。好きな方を選びたまえ。砂時計を置いて」

アスラが言うと、カーロが少し離れてから砂時計を置いた。

「よし、作戦会議だアイリス、イーナ。ルミアたちをぶちのめして、豪華な夕食としゃれ込もう」

「……あい」イーナが嬉《うれ》しそうに頷《うなず》く。「……楽しみ」

「ねぇ、目的が変わってない？」アイリスが苦笑い。「カーロさんに実力を示すんでしょ？」

「ガチだから問題ない。まぁ、カーロの目が節穴でなければ、だけどね」アスラが笑った。「それより戦術を言うからよく聞いて」

◇

「パーティ・タイム！」

カーロはダンスよりパーティを選んだ。

その瞬間にアイリスが突っ込んだ。

そう来ると思ったわ、とルミアが微笑《ほほえ》む。

アイリスの木剣での斬撃を同じく木剣で受け流し、ルミアはそのままアイリスをスルーしてアスラへと向かう。

マルクスとユルキがアイリスを孤立させるために動く。

「連携のできないアイリスをさっさと切り捨てたわね！」

ルミアは走りながら木剣を額の前で構えた。

「別に切り捨てちゃいないよ。尊い犠牲と言っておくれ」

アスラも額の前で木剣を構える。

お互いに横に一閃《いっせん》。
木剣同士が激しく衝突し、跳ね返る。
手が痺《しび》れるほどの衝撃に、ルミアは自然に笑みを零《こぼ》した。
自分が育てたのだ。このアスラ・リョナを自分が育てた。
なんて素晴らしい敵を育ててしまったのか。
「……はい、どーん」
イーナが右側から木製の短剣を投げた。
イーナが喋《しゃべ》ったせいで、ルミアの視線がイーナに向く。
同時にアスラがもう一度木剣を横に振る。
ルミアは木剣を縦にしてアスラの木剣を受け止めながら、身体を捻《ひね》って短剣を躱《かわ》す。
イーナが連続で短剣を投げ、ルミアは一度距離を取ろうと考えた。
しかし、ルミアが移動しようとした方にアスラがいて、木剣が降って来た。
まずいっ、嵌《は》まったわ！
短剣を木剣で撃墜し、アスラの攻撃を躱し、自分がもう攻撃できないことを悟った。
すでにイーナが間合いを詰めている。
イーナは短剣を両手に装備していて、踊るようにクルクルと攻撃してくる。
アスラはイーナの隙を埋めるように、的確なタイミングで木剣を振る。
移動しようにも、二人がルミアの移動を制限する。

回避と防御で精一杯。

更に、息を吐く暇すら与えられない。

でも、とルミアは思う。

想定内よっ！

簡単な戦術だ。

ユルキとマルクスがさっさとアイリスを始末して助けに来てくれれば、形勢逆転。

つまり、ルミアのやるべきことは酷くシンプル。

アスラとイーナを倒すか、できないなら耐えるだけ。

最初から分かっていたことなのだ。

アイリスはアスラたちと連携できない。ハッキリ言ってしまえば、邪魔になる。

だから突っ込ませて、ルミアを分断。ルミアはあえてそれに乗った。

アイリスがユルキとマルクスを引きつけている間に、アスラとイーナがルミアを倒す。

それから、ユルキとマルクスを料理。運が良ければ、アイリスがどちらかを戦闘不能にしている可能性もある。アスラがそういう戦法で来ると、ルミアには分かっていた。

だから、全ては想定内。

アイリスが退場するまでルミアが耐えれば、勝ったも同然。

もちろん、マルクスとユルキが両方生きている状態なら、だが。

◇

「副長の言った通りだな」

「何がよ⁉」

アイリスはマルクスを集中的に攻撃していた。

アスラに言われたのだ。まずルミアを攻撃して分断。その後はできるならマルクスを倒せ、と。

「アイリスが突っ込んでくるけど、二対一ならぶっちゃけ負けねぇってことさ」

ユルキがアイリスの攻撃を阻害するように短剣を投げてくる。

「舐めないでよね！　あたしこれでも英雄なんだから！」

そうは言ったものの、アイリスは一人で多数を相手にした経験がほとんどない。

剣の稽古の多くは一対一の試合形式だった。もちろん、素振りやら型やらの基本練習もしっかりやっている。

更に言うと、英雄選抜のための三次選考も、一対一の試合形式だった。

マルクスに集中したいのに、ユルキが邪魔をしてくる。

アイリスはどうしていいか分からない。

ユルキが気になって、マルクスに有効打を与えられない。

しかも、ユルキとマルクスの息がピッタリ合っているから質が悪い。

だんだんと、アイリスが防御に回る時間が増えていく。

闘気を使って一気にマルクスを沈めることはできるが、それだと訓練の意味がない。闘気を使ってしまうと、能力が伸びない。

アスラにも闘気を使うなとキツく言われている。

「二対一になっただけで、ここまで崩れるのかアイリスは」

マルクスが冷静に言った。

「うっさいわね！　一対一ならあたしの方が強いんだからね！」

「そりゃみんな知ってるぜ？　けど、一対一の時に言えよ」ユルキが笑いながら攻撃する。「つーか、お前一対一でも副長に勝てないだろ？　だからこっちに回されたんじゃねーの？」

「むぅ！」

イライラする。

でも、事実だ。闘気なしではルミアに勝てない。だから、アスラはアイリスをルミアに当てなかった。こっちの方がまだ望みがある、ということ。

「団長が自分たちを舐めている、とは思えん。アイリスが化ける前に倒すぞユルキ」

「おう！　こいつ伸び盛りだからな、いきなり対応できるようになっちゃ困る」

マルクスとユルキの攻撃が激しくなる。

それでもアイリスは躱し、防ぐ。たまに掠《かす》めることもあるが、戦闘不能になるほどのダメージはない。

木剣なので、実戦想定で死ぬような斬撃を受けたら退場する決まり。

あれ？とアイリスは思う。

だんだんと、二人の呼吸が摑《つか》めてきた。

こうでしょ？　木剣を寝かしてマルクスの一撃を受け止める。

こうでしょ？　木剣を斜めにしてマルクスの木剣を滑らせながら、ステップしてマルクスの側面に回る。

さっきまでアイリスがいた場所で、ユルキの短剣が空を切る。

ここで攻撃っ！　手首を返して、マルクスに胴薙《な》ぎ。

「やったぁ！」

アイリスは見事に、マルクスの胴を打った。

「……終わってないぞ？」

マルクスが木剣を捨てて、即座にアイリスの木剣を両手で摑んだ。

「え？　実戦なら死んで……いたっ！」

ユルキの投げた短剣がアイリスの頭に当たった。

「今の威力なら、自分の胴は真っ二つになっていない。つまり、自分は生きている。なら、仲間がアイリスを倒せるよう、自分はこうする。たとえ、それが死ぬ原因になったとしても」

「やったぁ！　じゃねぇよアイリス」ユルキが苦笑い。「お前、マルクスがケガしないように手加減したろ？　そりゃちょっとマルクスに失礼だぜ？」

「だって……」

木剣でも本気で打ち込んだら悶絶《もんぜつ》するほどの痛みだ。

「気にしていない。途中までは見事だった。最後に手を抜かなければ、アイリスの勝ちだった。残念だったな。自分たちは甘くない。戦場では活《い》き活《い》きと死ぬのが団規だ。ただでは死なん。よって、今後は真っ二つにするつもりで打てばいい」

「あと、俺の短剣はアイリスの頭に刺さったから、アイリス退場な」

「うー、悔しいぃ……」

アイリスがギュッと木剣を握り締めた。

「だが、自分も戦闘不能だろう。ユルキ、早く副長を助けに行け」

「おう！」

ユルキが全速力でルミアたちの方へと駆け出す。

四章　四話

# 君の屍を踏みつけて征こう
# 死体は踏んでも怒らないだろう?

カーロ・ハクリは開いた口が塞がらなくなっていた。

「おい、マルクスってあんなに強いのか?」

「相手、英雄だろ?」

「英雄って言っても、クレイヴンでしょ? 英雄になったばかりよ?」

「つまり英雄最弱?」

「だとしても、普通英雄が負けるか?」

蒼空《そうくう》騎士たちもざわついている。

「いや、マルクスはそもそも団長候補で、英雄候補だったんだぞ」

「あの金髪の男もやばくねぇか? めちゃ綺麗《きれい》な動きだったぞ?」

動きの速さ、判断の早さ。

そして連携。

カーロは今までに、これほど美しく連動した攻撃を見たことがない。

「マルクス・レドフォードに、ユルキ・クーセラか……」

カーロはすでに、団員たちと自己紹介を済ませている。

「それに、あの子供たち……」

訓練所の隅っこで格闘をしているサルメとレコにチラッと視線を送る。

二人が行っているのは型の稽古のように見える。

けれど。

まるで実戦のように本気。二人とも傷だらけになりながら稽古していた。

普通にそこらの大人より強いんじゃないだろうか、とカーロは思った。

「何より……」

ゴクリ、とカーロが唾を飲む。

団長と名乗った幼い銀髪の少女、アスラの戦闘能力の高さ。

アスラと連動しているイーナの軽やかで素早い攻撃。

更に、それを防ぎ続けるルミア。

「こいつらみんな……蒼空騎士たちより、強くないか……?」

◇

きついっ！

ルミアはそろそろ限界を感じていた。

一回でいい。たったの一回でいいから、息を吐かせてほしい。

イーナの攻撃はやや単調で、防ぎやすい。間合いも短剣にしてはやや遠い。

だが、アスラの方が細かな変化を加えてくる。

実戦なら、ルミアは全身傷だらけだ。

もちろん、致命傷はまだ受けていない。

たぶん、とルミアは考える。

イーナはルミアの動きを制限するため、わざと単調に攻撃している。

そして合間で、アスラがルミアに決定打を食らわせるという取り決めがあるのだと推測。

視界の隅で、ユルキが走ってくるのが見えた。

「ちっ」とアスラが舌打ち。

ルミアは安堵《あんど》した。

アスラが舌打ちしたのだ。

つまり、アスラの作戦が崩れたということ。アイリスがユルキとマルクスを引きつけている間に、ルミアを倒せなかったのだ。

これで息が吐けるわね――――刹那。そう思ったのは本当に刹那。一秒にも満たない。

右の脇腹に激しい痛み。

「なっ……」

何が起こったのか、ルミアは一瞬分からなかった。

アスラの攻撃は躱《かわ》した。

イーナの単調な攻撃は、木剣で撃墜――できていない⁉

イーナが動きを変えたのだ。

クルクル回って攻撃していたイーナが、突いてきた。

その突きがモロに脇腹に入った。

実戦なら、短剣が突き刺さっていることになる。

刹那を突かれた。

そう気付いて、全てを理解。

ここまで、この瞬間までアスラの計算通りなのだ。

舌打ちはフェイク。最初から、ルミアをギリギリまで追い込んで、最後の最後に、一瞬の気の緩みを突く作戦。

だからイーナは単調な攻撃をしていた。

最後だけ、軌道を変えるために。

ルミアの警戒がアスラに向くように。

最初からイーナが本命だった、ということ。

ああ、でもアスラ、わたしは脇腹を突かれたぐらいじゃ、死なないわよ？

イーナを蹴って、少し距離を取る。剣の間合いにするための蹴りで、威力はそれほど強くない。

そのままイーナを斜めに斬り裂いて、
同時にアスラが木剣を横に振る。

アスラの攻撃がルミアの左脇腹を叩《たた》く。

「かはっ……」

それは渾身《こんしん》の一撃。ルミアを殺すつもりで叩き込まれた一撃。

ルミアの身体が少しだけ浮いて、くの字に折れ曲がり、一瞬呼吸が止まって、地面に落ちる。

あまりの痛みに、ルミアはその場でうずくまった。

ルミアに打たれたイーナも転がっていた。

「……痛がってる副長、可愛《かわい》い……」

イーナが可愛らしく笑った。

「そっちもね……」

笑いたかったけれど、痛すぎて笑えなかった。

◇

「相変わらず、男のくせにちょこまかと動きやがるね、君は！」

「そっちこそ女のくせにクレイモアとか振り回しやがってよぉ！」

「木剣はそんなに大きくないよ！」

「知ってらぁ！　普段の話だぜ！」

ユルキがアスラの懐に入り込み、短剣で攻撃。

アスラはルミアを渾身で打った。つまり、少しだけアスラには隙ができた。

その隙に、ユルキが間合いを詰めてきた。

イーナと同じぐらい素早いユルキの動きに、アスラは木剣を捨てて両手に短剣を持った。

すでに懐に入り込まれているので、木剣では対応し辛《づら》い。

「いつもの半端で雑な敬語はどうしたユルキ！」

「はん！　そんなもん戦闘中に使うかよ！」

お互いに短剣での打ち合いになる。

足技も混ぜたいが、お互いがお互いの特徴をよく理解しているので、下手に使うと隙になる。

「生意気だね！　いつものように地面に転がしてあげるよ！」

「たまには団長がオネンネしろってんだ！」

二人の打ち合いはほぼ互角。

普段なら、アスラの方が強い。だが今のアスラは体力の消耗が激しい。

ルミアを相手にしていたせいだ。

「寝ている私を襲おうって算段かね⁉」

「そりゃねぇな！　俺はもっと肉感的な大人の女が好きなんだよ！」

速度、体力はユルキの方が上。

アスラは技術と経験で対応。

体力をもう少し残しておきたかったが、それだとルミアを追い込めなかった。

ジリジリと、アスラが下がる。

「くっ、この私が君に追い込まれるとはね！」

「ははっ！　団長の唯一の弱点は、筋力と体力が俺やマルクスに劣るってとこだぜ⁉︎」

実際、アスラは今、かなりしんどい。

集中が切れたら負ける。

なんとかユルキを打倒する方法を思考する。

けれど、魔法は禁止だし、体力もないし、この訓練場に使えそうなものもない。

いや、あるか。

アスラは左側に大きく飛んだ。

もちろん、大きな動きなので隙ができる。

ユルキはそれを逃さず、アスラが飛ぶと同時にアスラの右腕に短剣を叩き込んだ。

実戦なら、アスラの右腕はもう使えない。

着地と同時にダッシュ。ユルキが追う。

アスラの前に、「……あー、痛い……」と言いながら転がっているイーナ。

アスラは容赦なくイーナを踏みつける。

イーナが「ぐへっ！」という変な声を出した。

アスラは更にルミアも踏みつける。

「ちょ……きゃふ！」とルミア。

アスラはルミアの上で反転。

ユルキはイーナを避けるために、歩幅を変えた。

つまり、隙ができた。

ユルキの着地と同時に、左手で短剣を投げる。

「うおっ」

ユルキはそれを躱したが、バランスを崩す。

アスラはユルキに突っ込んで、右肩でユルキを押し倒す。

「あわわ……」とイーナが転がってその場から移動。

本来、死体は動かないのだが、まぁいい。

倒れながら、アスラはユルキの手首を捻《ひね》って短剣を奪う。もちろん、使ったのは左手のみ。

奪った短剣でユルキの喉を裂いた。

同時に、ユルキのもう一本の短剣がアスラのふとももに刺さった。

木製の短剣なので、実際には刺さっていない。実戦なら刺さっているということ。

「私の勝ちだね。ふとももと腕はくれてやる」

「……むちゃくちゃっすよぉ」ユルキが頬を膨らませた。「普通、イーナと副長踏みつけるっすかぁ?」

「死体だから問題ない。でも君は割と優しいところがあるからね。きっと躱すと思ったよ。実戦でも、イーナの死体なら躱しただろう?」

アスラがニコニコと言った。

「そりゃ、兄妹同然に育ったイーナっすからねぇ。死体でも踏みつけるのは気が引けるっすわぁ」

「……酷《ひど》い……団長酷い……勝つためにあたしを踏んだ……」

イーナがシクシクと泣き真似《まね》をする。

「わたしなんて、背中の上で反転までされて、ユルキに突っ込むために踏み締められたのよ……」

ルミアは怒り半分、呆《あき》れ半分という口調だった。「というか、わたし踏まなくても良かったんじゃないの？　嫌がらせ？」

「いいじゃないか。君たちどうせ死体なんだから、文句言わないだろう？」

「あー、首いてぇっす」ユルキが言う。「あと、そろそろ俺の腹から下りてくれねぇっすか？」

「なんだい？　騎乗位みたいで興奮するのかね？」

「重いからっす」

ユルキが真面目に言ったので、アスラは溜息《ためいき》を吐いた。

「私はそんなに重くないはずだがね」

アスラはゆっくりとユルキから下りた。

「あー、ダメだ。私も割と限界だったね」

アスラがその場に転がった。

「見ていましたが、団長のやり方はさすがですね」

マルクスが寄って来て言った。

「卑怯《ひきょう》……というか、普通仲間を踏み台にする？」

アイリスが苦笑い。

「死体なんかどう扱ったって問題ない。死人に口なしってね。本人からは何の文句も出ない」

「……死者への敬意とか、アスラそういうのないの？」アイリスが小さく首を傾《かし》げた。「そりゃ、訓練だから実際には死んでないけど」

「ない。戦場じゃ、死体は踏みつけられる。それが普通なんだよアイリス。戦闘中に死体を避けてる兵士がいるかね？　いたとしたら、そいつが次の死体だね。ユルキみたいに」

「あーあ、どうせ俺が反面教師ってやつっすよ」

ユルキが上半身を起こして、胡座《あぐら》をかく。

「君たち！」カーロが駆け寄る。「いつ行ける!?」

「ふん。私たちでいいのかね？」

アスラは身体を起こして、その場にぺったんこ座りした。

「もちろん！　君たち、蒼空騎士たちよりずっと強いよ！　ぜひ僕を護衛してくれ！」

カーロは酷く興奮した様子で言った。

「お願いします、は？」とアスラがカーロを見上げる。

「ああ！　お願いします！　無礼な態度を取ってすまなかった！　僕が間違っていたよ！」

「カーロ、君は素直でいいね。何があっても、君だけは絶対に無事に帰れるよう最善を尽くす。だが、見ての通り、私たちは満身創痍《まんしんそうい》でね。明日は休みたい。明後日でどうだね？」

「問題ないよ！　準備しておくけど、君らは寝袋だとか、食料だとか、自分たちで準備できる⁉」

「それも明日やっておく」

「じゃあ、明後日の朝、また事務所まで来てくれ！　未踏の地まで行くから、往復で五日ほどかかると思う。それだけの準備をしっかり頼むよ！　小さいけど強い団長ちゃん！」

言いながら、カーロがアスラの頭をグシャグシャと乱暴に撫《な》でた。

「君、素直でいい奴《やつ》だけど、興奮しすぎじゃないかな？」

アスラは少し呆れて言った。

カーロはあまり冷静なタイプではなさそうだ。

まぁ、探検に命を懸けているような奴がクールなわけがない。

◇

寵愛《ちょうあい》の子、ティナはフルマフィの麻薬畑を訪れていた。

山を切り開いた広大な土地に、その畑が存在している。

フルマフィが販売している麻薬の八割がここで生産されていた。

育成されているのは大麻と呼ばれる種類の植物で、加工もここで行われる。

多くは乾燥させて煙草《たばこ》のようにする。簡単に吸えるので、手を出しやすいからだ。

ゲートの見張りが、ティナの顔を見て即座にゲートを開けた。

ティナは溜息を吐きながら、敷地に入る。

多くの人間がここで働いている。吸収した犯罪組織の人間たちや、人身売買で獲得した奴隷たちなど。

ティナは真《ま》っ直《す》ぐに管理事務所を目指し、中に入る。

「タニア。お話がありますわ」

管理事務所は木製の小屋で、さほど広くない。生産や労働者の管理をしているだけの小屋だからだ。労働者の宿舎や、加工工場の方がずっと大きく広い。

「これはこれは、誰かと思ったら寵愛の子じゃないか」

長いソファに転がっていたタニアが起き上がる。

タニアは三〇代後半の女で、濃い緑の髪をショートカットに切り揃《そろ》えていた。

身体は引き締まっていて、パッと見ただけで鍛えているのが分かる。

「ぼくはティナですわ」

「みんな寵愛の子と呼んでる。それでいいじゃないか。ジャンヌ様の寵愛を一身に受けているあんたが羨ましいよ」

「姉妹ですから」ティナは淡々と言った。「それより、サボってましたの？」

「いやいや、私の仕事は管理。つまりサボってる奴を痛めつけること。誰もサボってなきゃ、私はやることがない。だから休憩してたってことさ」

ニヤニヤとタニアが笑う。

「そうですの。別にそれはいいですわ。出荷量が落ちている、という報告がありましたので、事情を聞きにきましたの」

本当は、もう理由を知っている。

人手が足りないのだ。

少しサボっただけで、タニアが酷く拷問して使い物にならなくしてしまうから。

「なんだい？　ジャンヌ様が怒ってるって？」

「まだ、怒っていませんわ」

それに、とティナは思う。

怒ってもどうせぼくがお尻を叩かれるだけですわ。

そしてそれが嫌なので、ティナは問題があれば迅速に解決するよう努めていた。

「んじゃ、新しい奴隷を入荷してくれないかい？　ちょっと人が足りなくてね」

「分かりましたわ。でも、壊さないでくださいまし。奴隷も大切な資源ですわ」

「そりゃ、真面目な奴なら壊さないさ。けど、サボる奴は見せしめにしないとね」

「ハッキリ言いますわ。ちょっとのことで、拷問しないでくださいませ」

「ああ？　私のやり方が気に入らないってか？」タニアの表情が歪《ゆが》む。「私は実力でここを任されるようになった、と思ってんだけどねぇ？」

「そうですわ。優秀だから任せていましたの」ティナが溜息を吐く。「でも、最近は目に余りますわ。奴隷への過剰な拷問、ヒマがあれば男とも女とも淫らな行為。更に商品を自分で使ってますでしょう？」

「はっ！　愛玩用のあんたに、現場のことなんて分からないだろうさ！」

「……愛玩用？」

「そうだろう？　その可愛らしい身体に、綺麗なお顔、ジャンヌ様の夜のお供なんだろ！　腹が見えてるやらしー服も、下着が見えそうな短いスカートも、ジャンヌ様の好みだろ？　みんな知ってるよ！　ジャンヌ様と一緒に寝るだけで偉そうにできて羨ましいよ！」

タニアの酷い言葉にカッとなって、ティナは左手でタニアの首を摑《つか》んでそのまま持ち上げた。

「【招雷】」

固有属性・雷の生成魔法。

ティナは左手に雷を作ったのだ。

「ぎゃぁぁああああぁぁあああああああ!!」

そして左手はタニアの首を摑んでいる。

ティナの作り出した雷は、そのままタニアの身体を駆け巡った。

もちろん、出力を調整して死なないようにしている。

「取り消してくださいませ。タニア・カファロ。ぼくは、戦闘は好きじゃないですわ。痛めつけるのも嫌いですわ。だから、普段こういうことはしませんの。でも、だからって、愛玩用なんて言われる筋合いはありませんわ」

ティナがタニアの首から手を離す。

タニアが床に倒れ込んで、咳《せ》き込み、ガチ泣き。

「取り消してくださいませ」

ティナはジャンヌと姉妹なのだ。義理の姉妹だけど、本当の家族より愛している。

愛玩用なんかじゃない。違う。絶対違う。

ジャンヌはすぐにティナを叩く。

酷く叩く。

理不尽な理由で、時には他人の見ている前で。

それでジャンヌが自分を安定させているのは分かる。

楽しんでいるのも分かる。

でも、愛してくれている。ティナも愛している。

愛玩用なんかじゃない。

「取り消す……。あんたは、愛玩用……なんかじゃ、ない……です。ティナ様……お許しを……」

お互いに支え合っているのだ。この一〇年、ずっとそうだった。

でも。

ジャンヌは少しずつ壊れてしまって。

ティナの負担が大きいのは事実。

守りたいと思っているのに、救いたいと思っているのに――

ジャンヌはティナを叩く。何度も何度も何度も叩いて、叩いて、もうティナだって耐えられない。

限界が近い。このままじゃ二人とも壊れてしまう。
「ルミア……」
天井を見ながら呟《つぶや》いた。
本当の姉妹なら、あるいはジャンヌを救えるのだろうか？
ジャンヌはルミアに会いたいと思いながら、恐れてもいる。
だから、動向の監視だけで、まだ会いに行っていない。
説得しなくては、とティナは思った。
もう、ティナ一人でジャンヌを支えられない。
愛しているのに、愛されているのに、もう自信がない。
「力を、貸してくださいませ、ルミア・カナール……いえ、かつての……」
タニアには聞こえないよう、口の中だけでそう言った。
けれど、とティナは思う。
ルミアは新しい生活を始めている。
傭兵団《ようへいだん》《月花《つきばな》》の副長。それが今のルミア。
「……ある程度、強引に引き抜くことになるかもしれませんわね……」
《月花》側にだって、ルミアが必要なはず。最悪、戦闘に発展する可能性も。
でも。
ティナにはルミアが必要なのだ。

そして、ジャンヌにはもっと必要。

## 四章　五話

# ピクニックはやはり楽しいものだね　時々、魔物の血肉が飛び散るけれど

アスラたちは大森林を進んでいた。

木々が日光を遮るので、かなり涼しい。

「ふむ。かなり広範囲に樹木が密集しているね。空から見ると、きっと海のようだろう」アスラが言う。

「大森林より大樹海とかの方が正解だろうね」

ほとんど道なき道を進んでいる。

地面は苔《こけ》で緑色になっている部分が多い。

多様な蔓《つる》植物が高木に絡まって、ある種の幻想的な光景を創り出していた。

「最初に目指すポイントはここ」マップを見ながら、カーロが言う。「小さな泉があるんだよ。綺麗《きれい》だから、飲めるし水浴びにもいい。ただ、魔物たちもここで水を飲むから注意が必要だけどね」

カーロは大荷物を背負っている。

それでも歩く速度は落ちていない。普段から、この日のためにトレーニングを重ねているのだ。

「水浴びね」アスラが言う。「それって下心かい？　私の裸が見たい？」

アスラはカーロと並んで歩いている。

アスラの前にマルクスとユルキ。後方にサルメとレコ。最後尾にアイリスとルミア。

イーナは先行しているので、見える範囲にはいない。

ちなみに、サルメとレコは荷物係。二人とも大きな荷物を背負って、遅れないよう必死に歩いていた。

「ははは！　団長ちゃんの裸なんか見てどうするんだい⁉」

カーロが豪快に笑った。

「ちっ、そうだろうね。どうせ私は一部の小児性愛者か、レコみたいな年齢の近いヘンタイにしか人気がないよ。美少女のはずなんだけどねぇ」

アスラは男に興味がない。

けれど、自分がチヤホヤされるのは悪い気がしないものだ。

「若い子好きは多いっすよ。団長の場合、中身の問題っすね」ユルキが言う。「本性知ったら絶対抱けねぇ」

「中身もそうだが、自分は大人の女でないと……いや、自分は純潔の誓いがあるから、どんな女にも欲情しない」

「無理するなマルクス」アスラがニヤニヤと笑う。「君の年齢なら毎日やりまくったっていいはずさ」

アスラも二〇代の頃は娼婦《しょうふ》を相手に楽しんだ。

もちろん前世の話。今世ではまだ一三歳だ。

「はは！　団長ちゃんはおませだね！」

カーロはとっても楽しそうに言った。

アスラたちの実力を知ってから、カーロはずっと上機嫌だ。

と、近くの木に赤い矢が刺さった。

「おっと、排除した方がいい魔物がいるようだね。待機して」

アスラが言うと、カーロは素直に立ち止まる。

団員たちもみんな立ち止まった。

ちなみに、矢を放ったのは先行しているイーナだ。

魔物を発見した場合、三種類の矢で知らせる手はずになっている。

赤は排除が必要。青なら素通りでオッケー。黒なら排除かつ相手が強い可能性が高い。

魔物にも大人しい魔物と好戦的な魔物がいる。

それらを見分けるために、イーナは出発前に魔物図鑑を丸暗記していた。

イーナは頭が悪いわけではない。知らないことが多いから、バカに見えることがあるだけ。頭の回転は速い方だ。もちろんユルキも。

二人ともちゃんとした教育を受けていなかったのだから、仕方ないこと。

「行くよアイリス」

魔物を発見した場合、アスラたちはオフェンスチームとディフェンスチームに分かれることを決めていた。

ディフェンスチームはその場に待機して、カーロを守る。

オフェンスチームは、先行して魔物を排除、進行方向の安全を確保する。

矢の色によって、チームメンバーが替わる。

今回は赤い矢なので、アスラとアイリスがオフェンスで、残りがディフェンス。

黒い矢だと、アイリスをディフェンスに回して、ユルキとマルクスをオフェンスチームに加える。

アイリスを鍛えつつ、任務をこなすためのチーム分けだ。

アスラがジャンプして木の枝を両手で掴《つか》み、そのままクルッと逆上がりのように枝の上に立った。

アイリスも真似《まね》をして近くの枝の上に乗る。

「身体能力高いねー」

カーロが感心して言った。

アスラとアイリスは枝から枝へと移動しながら、イーナが矢を放った方向へと進んだ。

少し進むと、イーナが木の枝の上で弓を構えていた。

アスラは音を立てないようにソッとイーナの近くの枝に着地。

アイリスも同じようにした。

魔物が二匹、苔を食べていた。草食の魔物だが、好戦的で危険。ただし強さは下位の魔物に属する。

アスラも魔物図鑑を丸暗記していた。

魔物の見た目は、以前テルバエ軍が従えていた狼《おおかみ》のような魔物に似ている。

いや、狼というよりは、犬って感じかな、とアスラは思った。

黒い毛の犬のような見た目。

アスラはハンドサインでイーナに待てと伝える。

イーナが矢を矢筒に戻して、弓を下ろす。

アイリスに右の魔物を倒せ、とハンドサインを送る。

続いて、左は私がやる、と伝えた。

背中のクレイモアの柄に触れる。

魔物は体毛が硬く、短剣では殺しきれない場合が多い。だからみんなそれぞれ、短剣だけでなく、殺傷能力の高い武器も装備していた。

アスラは柄から手を離し、私は魔法を使う、とサインを出す。

アイリスと二人で飛びかかるのは、まだ少し怖い。アイリスが信頼できない、という意味だ。

ハンドサインは教えたが、他の団員と違って、それだけで完璧に息の合った動きができるとは思えない。

最悪、アイリスが邪魔になるか、アイリスがミスってアスラを斬ってしまう可能性だってある。

アイリスとの意思疎通や連携は未完成。というか、そういう訓練をしていない。今後、アイリスが魔法兵になるなら、連携を深める予定だ。

アスラは指を三本立てて、順番に折り畳む。

三、失敗してくれるなよ、アイリス。先制攻撃は魔法兵の基本だよ。
二、君は強い。やろうと思えば、二匹とも倒すポテンシャルがある。
一、まぁ、私もだがね。

アスラは最後に残った指で魔物を指す。

同時に、ピンクの花びらが魔物の顔に落ちて、爆発。肉片が飛び散った時には、アイリスの剣がもう一匹を捉えている。

アイリスは飛び降りる勢いを利用して、もう一匹の魔物を両断した。

魔物たちは何が起こったのか理解することもなく、秒単位で死骸となった。

「……アイリスやるじゃん……」

イーナが呟《つぶや》いた。

「ああ。でも、ちょっと刺激が強かったみたいだね」

アスラは枝から飛び降りて、ガタガタ震えているアイリスの肩に手を置いた。

「生き物を殺したのは初めてかね？」

アスラが問うと、アイリスは震えながら何度か頷《うなず》いた。

爆散した魔物の血肉が、アイリスの顔に付いていた。

アスラはそれをローブの袖で拭ってあげる。

「あたし……」

「もう終わったよ。剣を仕舞うんだアイリス」

アイリスは震えながら、剣を背中の鞘《さや》に挿した。

「よしよし」アスラがアイリスを抱き締め、背中を何度か叩《たた》く。「辛《つら》いのは最初だけだよ。この森から戻る頃には、きっと慣れてる」

レコのようにはいかないか、とアスラは思った。

魔物相手でこのザマでは、相手が人間だったらアイリスの心が壊れる可能性もある。

少しずつ慣れさせるしかない。

◇

アスラたちは安全を確保したのち、泉で休憩した。

そのまま軽い昼食を摂《と》って、出発。

それから日が傾くまで進み続け、初日の目的ポイントまで到達。

「今日はここでキャンプだね。枯れた王の樹《き》」

カーロが巨大な樹を指さす。

周囲の樹木より樹齢が高いのは見て分かるが、すでに枯れていた。

「枯れた王の樹？　なぜ枯れた樹じゃなくて間に王を入れたんだい？」

アスラが首を傾《かし》げた。

「王みたいに堂々と枯れてるから、そういう名前を付けたんだけど、変かい？」

「変だけど、別に私には関係ないし、聞いただけだよ」

アスラが樹の根っこにもたれて座る。

団員たちもそれぞれ、その場に座り込んだ。

「さて、お疲れ様」カーロが言う。「日が昇ると同時に出発したいから、早く休んでくれよ？　明日の夜までには、未踏の地の手前まで辿《たど》り着く計算だよ。君たちがへばらなければね」

「大丈夫だよ。私たちも結構鍛えているからね」アスラが肩を竦《すく》める。「サルメとレコは遅れたらお仕置きだよ？」

アスラがニッコリ笑いながら言った。

「だ、大丈夫……です」

サルメは現状でも割と辛そうだった。

重くて大きな荷物を背負っての移動なので、普通に歩くよりも消耗が激しい。

「お仕置き、興奮する。何されるの？　遅れていい？」

レコは元気だった。

「お仕置きするのは私じゃなくてイーナだよ？　つまりイーナに任せる」

「オレ、絶対遅れない」

レコが力強く頷いた。

「今のところ」マルクスが言う。「魔物もそれほど多くありませんし、ディフェンス組は余裕がありますね」

全て赤い矢だったので、アスラとアイリスは少しだけ消耗している。

オフェンスチームが出ている間に、カーロたちが襲われるということもなかった。

比較的、平和で楽な任務と言っていい。あくまで今のところ、だが。

「そうだね。チーム編成を少しいじろう」アスラが言う。「明日は先行をユルキ。オフェンスをルミアとマルクス。残りディフェンス」

アスラの言葉で、アイリスがホッと息を吐いた。

ここまでに討伐した魔物の数は一五匹ほど。全部アスラとアイリスで倒した。

全て下位の魔物だったので、特に苦労はしていない。

体力もまだ余裕。

問題は、アイリスのメンタルだ。帰りのこともあるし、明日は休ませた方がいい、とアスラは判断したのだ。

「なぁカーロ」アスラが言う。「中位の魔物や上位の魔物に遭遇した回数はどのくらいだい？」

「んー、中位はこの先でちょこちょこ。上位は最後のポイントで一度だけ」

カーロが荷物を下ろしながら言った。

「そんなものか」

本当に楽な任務になりそうだ。これで経費別の二〇万ドーラなら美味《おい》しい。

「ピクニックで金を貰《もら》っているようなものだね。天気もいいし、景色もいい」

「団長ちゃんは本当に頼もしいね！」

カーロが笑った。

それから、カーロは大きなリュックを開いて、中から寝袋を出した。

「未踏の地を調査している時に、上位が出る可能性はあるでしょ？」

ルミアが真面目な表情で言った。

「それまではピクニックさ。中位の魔物如《ごと》きなら、もう怖くもないだろう？」

アスラはみんなの顔を見回しながら言った。

「だな」ユルキが頷く。「俺らの敵じゃねーよ」

「問題は……上位……」イーナが言う。「……出たらキツイ任務に……早変わり……」

「出てくれた方が、張り合いがあっていい。それに、上位の魔物を処理できる傭兵《ようへい》団として名前も売れる」

「乗り気じゃなかったくせに」とルミアが笑う。

「来てみたら割と楽しくてね」アスラが小さく背伸びをした。「よし、交代で二人ずつ見張りをして、他は寝る。休息も仕事のうちだ。火を焚《た》いて、絶やさないように。万が一、火が消えたらユルキを起こして点けてもらうこと」

「自分はまだ眠くないので、最初は自分が見張ります」とマルクス。

「私だってまだ眠くないよ」アスラが両手を広げた。「でも、休める時に休むことが大切。他に最初の見張り役をしたい奴《やつ》はいるかね？」

「オレ」レコが手を挙げた。「団長の寝顔見てていい？」

「構わないけど、火と周囲の警戒も怠らないように」

「胸触っていい？」

「構わないけど、激しく触って私を起こしたらしばくよ？」

「あ、団長の胸、今は家出してる？　ないように見えるけど？」

「なくはない。小さいだけだよ。頭突きされたいかね？　って、されたいに決まってるよね。うん。何もしないのが一番の罰だ」

レコはアスラ・フェチなので、アスラが何をしても基本的には喜んでしまう。

「疲れましたー」

サルメがその場にコテンと転がった。

「サルメ。みんなの寝袋を出したまえ。君の分もね。休むなら寝袋に入れ」

「はい、すぐに」

サルメは起き上がってリュックを漁《あさ》る。

「明日は中位の魔物と遭遇する可能性があるし、ユルキ、魔物図鑑はちゃんと暗記したかね？」

「したっすよー。図鑑にいねーの出たら、黒い矢でいいっすか？」

「それでいい。アイリス、こっちに」

アスラが言うと、アイリスが立ち上がってアスラの前まで移動。

「座りたまえ」

「何？」

言いながら、アイリスがアスラの対面に座る。

「今日はよくやった」

「……別に……」アイリスが俯《うつむ》く。「……殺すのって……すごく嫌な感じ……」

「だろうね。でも、慣れることだ。嫌でも《魔王》は殺さなきゃいけないしね」

「分かってるけど……斬った感触がまだ残ってて、あたし……」

「いいんだアイリス。おいで」

アスラが両手を広げる。

アイリスは少し頬を染めて、動かなかった。

「アイリス行かないなら、オレ行くよ？」とレコ。

「いえ、私が」とサルメ。

「……さっさと行って」

イーナがアイリスの背後に移動して、背中を押した。

アスラがアイリスを抱き留める。

そしてゆっくり、優しく背中を撫《な》でる。

「ひぐぅ……えぐっ……」

アイリスがそのまま泣き出した。

殺すことがよほど辛いのだ。

それでも、アイリスは英雄だ。魔物退治は英雄の仕事の一つ。慣れなければいけない。

まぁ、強制的な招集がかかるのは、《魔王》を除けば最上位の魔物が出現した時ぐらい。

上位の魔物程度なら、近くにいる英雄か、あるいは仲の良い英雄三人ぐらいでサッと倒してしまう。

もちろん、その中にアイリスが含まれる可能性だって十分にあるのだ。

四章　六話

# 頼むから死なないでおくれよ　私は君の将来が見たい

ティナが古城に戻ると、酷い有様だった。

外からでは分からなかったが、中に入ると色々な物が破壊されていた。

壁も床も机も装飾品も柱も、本当に酷《ひど》い状態だった。

「姉様⁉　姉様⁉」

ティナは慌てて、普段ジャンヌがウロウロしている場所を順番に確認していく。

あっちに走り、こっちに走り、寝室でジャンヌを発見。

ジャンヌは部屋の隅でガタガタ震えながら両手で顔を覆って泣いていた。

「姉様！　姉様！　戻りましたわ！　大丈夫ですの⁉」

ティナは駆け寄り、膝を突いてジャンヌの肩に触れる。

「ティナ……ああ！　ティナ！」

ジャンヌはティナの顔を見て、すぐにティナに抱き付いた。

勢いよく抱き付いたので、ティナが背中から倒れた。

「またフラッシュバックですの？」

ティナが両手をジャンヌの背中に回す。

ジャンヌは全体重をティナに預けている。

やや重いけれど、ティナはそのことには触れない。

「怖い夢を見ました。あの時の夢……」

「姉様、もう大丈夫ですわ。ぼくがいますわ。だからもう何も心配いりませんわ」

やはり、古城の中で暴れたのはジャンヌだった。

これが初めてじゃないから、ティナは予想していた。

ジャンヌはどんどん不安定になっていく。

最初から不安定だったけれど、二年前を境に酷くなった。

自らに『呪印』を施してから、加速度的に壊れ始めた。

「なぜ、なぜ側《そば》にいてくれなかったのです？」

ジャンヌは起き上がって、右手で涙を拭った。

「ごめんなさいですわ……」

ティナも立ち上がる。

「お仕置きします」

「え？」

ジャンヌはベッドに腰掛けて、自分の膝をポンポンと叩《たた》いた。

「姉様⁉　ぼく、黙って行ってませんわ！　姉様の命令で出荷量の落ちた原因の究明と改善に……」

「ティナ」

「なぜですの……？　なぜ、ぼくを叩きますの……？　もう嫌ですわ……。痛いの嫌ですわ……」

ティナの瞳から涙が零《こぼ》れる。

昔は、こんなに頻繁に叩かれたりしなかった。

本当に時々のことだった。

それに、当時は愛撫《あいぶ》のようにペチペチと叩かれる程度で、戯れ的な意味合いの方が強かった。

それで罪悪感が消えるので、ティナとしても歓迎していた。

「ティナが、あたくしの側にいてくれなかったからです。組織のことなんて、ゴッドハンドにやらせれば良かったでしょう？」

「でも……」

中央のゴッドハンドを、ティナは信用していない。

裏切るとか、そういう意味ではない。

あの人は、姉様と神様の区別が付いていませんわ。

だからこそ、危険。

最悪、タニアを殺してしまう可能性だってある。

タニアの性格は最低最悪だが、犯罪者としては非常に有能。

「ティナがいてくれたなら、あたくしはあんなに怖い思いをしなくて済みました。そうでしょう？」

「そうですけれど……。でも、姉様が……」

ジャンヌの命令でティナは動いたのだ。

確かに、ゴッドハンドに任せるという選択肢もあったけれど。

こんなの、あんまりにも理不尽ですわ、とティナは思う。

「ああ、ティナ、あたくしはこんなにもあなたを愛しているのに、あなたは、あたくしを見捨てるのですか？」

「そんな！　そんなことありませんわ！　ぼくも姉様を愛していますわ！　見捨てたりしませんわ！」

できれば救いたい。でも、もう自信がない。

「では、早く服を脱いでください」

「……何回……ですの？」

何回叩くのか、という意味。

前回、アーニアの支部が壊滅した時のように、気絶するまでではないことを願った。

「二〇回の予定でしたが、素直に来てくれなかったので、三〇回です」

「……分かりましたわ……」

ティナは諦めて、服を脱いだ。

もうこうなったら、選択肢は二つしかない。
一、ジャンヌの安定のために叩かれる。
二、ジャンヌを見捨てる。

ティナはジャンヌの膝の上に腹ばいになった。

二は選べない。どれだけ叩かれても、見捨てられない。

ああ、でも。

誰か助けてくださいませ……。

痛いのも辛《つら》い。

けれど。

ジャンヌが壊れていくのも辛い。

「姉様、叩く前に、一つだけ……」

「はい。何でしょうか？」

「ルミアに、会いに行きませんの？　動向は監視していますので、いつでも会いに行けま……いだいっ！」

ジャンヌが闘気を使って、全力でティナの尻を叩いた。

「会いたいとは思っています」

言いながら、ジャンヌが連続して叩く。

「救いたいとも思っています」

違う、とティナは思った。

救ってほしいのは姉様の方。

ルミアにジャンヌを救ってほしいのだ。
「ですので、近いうちに、行きましょう」
前もそう言って、今まで行かなかった。
でも、今度は何がなんでも、説得して連れて行く。
ああ、でも、とティナは思う。
ジャンヌの計画を知ったら、ルミアはどうするだろうか、と。
『呪印』の意味を知っても、
それでも姉様を救ってくださるでしょうか?
姉様は救済という名の絶望を世界に与える。
そして。
いいいいいいいいいい
絶望から成り立つ絶滅の計画があると知っても、
それでも救ってくださるでしょうか?

◇

ユルキは黒い矢を放った。
やべぇのに出くわしちまったっ!
すでに日が傾き始めた夕方。今日の到達目標ポイントは目と鼻の先。

ユルキは樹《き》の枝の上で息を潜める。
一人で対処できるような魔物じゃない。こっちの存在に気付かれたら、終わりだ。
ノソノソと歩いている魔物は、魔物図鑑に載っていた上位の魔物。
獅子《しし》の顔に、山羊《やぎ》の身体、そして蛇の尻尾。
体長は三メートルに届く。
キマイラ。それがこの魔物の名前。
ユルキはキマイラを注意深く観察する。
体毛が硬そうで、短剣や矢ではダメージを与えられない可能性が高い。
けれど、毛である以上、燃やすことは可能だ。
全力の【火球】なら、三発ぐらい命中させれば、焼き殺せるか？
あるいはもっとか？
つーか、こいつ何してんだ？
キマイラは同じ場所をグルグルと、ゆっくり歩いていた。
魔物図鑑には載っていなかった動き。
と、さっきユルキが黒い矢を放った方向で、獣の叫び声。
本隊が魔物と遭遇したのだとすぐ理解。
ユルキの近くのキマイラも合わせて咆哮《ほうこう》。
似たような声。似たような声量。

さっきの咆哮が同種のものであることが一発で分かった。

英雄が一人で対処に困るレベルの魔物が、二匹同時に出現したということ。

キマイラの身体が少し沈む。

走り出す直前の動作。

本隊はすでにオフェンスチームを派遣しているはず。

であるならば、残った戦力はアスラ、アイリス、イーナの三人だけ。レコとサルメは戦力として数えない。

残った三人でも、キマイラ一匹なら処理できる。

だが、二匹同時となると、本隊が壊滅する可能性がある。そうでなくても、死傷者が出るかもしれない。

「クソッ！」

ユルキはキマイラの気を引くために短剣を投げた。

足止めしないとヤバイと思ったからだ。

短剣がキマイラの身体に命中するが、体毛に弾《はじ》かれて地面に落ちた。

しかし想定通り、キマイラがユルキを見た。

「あーあ、俺も今日で最期かねぇ」

ユルキが笑う。

そして腰の片手斧《ておの》を握る。アスラはこの片手斧をトマホークと呼んでいた。

短剣よりも殺傷能力が高く、ユルキのお気に入り。

キマイラが跳躍すると同時に、ユルキは後方に飛んだ。

「でかいくせに速ぇ！」

キマイラは巨体にもかかわらず、ユルキのいた枝まで軽く飛び上がって、その鋭い爪で枝を弾き飛ばした。

地面に落ちるまでの間に、左手で【火球】を用意。

射程が短いので、実は【火球】は直接叩き込んだ方がいい。

キマイラは着地したが、すぐに襲って来ない。

そして身体を一度仰《の》け反らせて、
口から火を吐いた。

「ちょっ、火は俺のだぞクソ！」

思いっきり横に飛んで、直線的に飛来する火柱を避けた。

ゴロゴロと転がる前に、【火球】を消した。自分の魔法で焼死したらシャレにならない。

ユルキが起き上がると、目前にキマイラの爪。

あ、俺、死んだ。

そう思ったのだが、
キマイラの爪はルミアのクレイモアによって防がれる。

キマイラが少し下がって、様子を窺《うかが》う。

「平気？」とルミア。

「まずいな、周囲が燃えている」とマルクス。

「助かったっす副長」ユルキはちょっと涙目で言った。「マジで死んだかと思ったっす」

キマイラが咆哮。

そして再び火を吐いた。

「散開！」

ルミアが叫び、ユルキたちはそれぞれ飛ぶ。

ルミアは右に、マルクスは左に、ユルキは上へ。

ユルキは樹の幹と枝を蹴って、割と高く登った。

キマイラはルミアを狙って距離を詰めている。

「一番強いのが、誰か分かるのか？」

言いながら、ユルキは【火球】を用意。

隙を見てぶち込む。

◇

「バカ、アイリス！　ボサッとするな‼」

アスラが叫んだが、アイリスは唐突なキマイラの出現に対応できなかった。

オフェンスチームを派遣したすぐ後に、真横からキマイラが突っ込んできた。

気付いた時、キマイラはすでにアイリスの目前。

アスラは指を弾く。

だがきっと間に合わない。

キマイラの爪が、サルメの胸を突き刺した。

動けなかったアイリスを、サルメが押し退《の》けたのだ。

同時に、キマイラの胴体に三度の爆発。

キマイラは大きく咆哮し、爪に刺さったサルメを投げ捨てた。

空中で、サルメの背負っていたリュックの中身が散らばって、リュックもサルメの背から落ちた。

サルメの身体は樹に叩き付けられて、腕がおかしな方向に曲がり、ズルリとサルメが地面に落下。

幹に大量の血液が付着。

負傷したキマイラが、踵《きびす》を返した。

イーナが【加速】を乗せた矢をキマイラの後ろ足に撃ち込む。

キマイラがバランスを崩して、倒れ込む。

アスラが飛んだので、イーナがアスラに【浮船】を使用。

アスラは一度の跳躍で、キマイラの真上まで飛び、クレイモアを両手で構える。

いつもの横ではなく、縦に構えた。

そして、落下の速度と合わせてキマイラの首にクレイモアを叩き込んだ。

「浅いっ⁉」

それでも腕力と体重が足りなかった。

大きなダメージを与えたが、キマイラの首は落ちなかった。

キマイラは苦しそうに叫びながら、前足の爪でアスラを攻撃。

アスラはクレイモアで受けるが、弾き飛ばされる。

飛ばされながら、指を弾く。

クレイモアで即死させる目論見《もくろみ》は失敗した。

だが、一つの攻撃に失敗したぐらいで、全てが終わるわけじゃない。

連続した攻撃が大切なのだ。切り替えながら次々に攻撃すればいいだけの話。

キマイラの背中にアスラの花びらが落ちる。

最初の【地雷】でダメージを与え、イーナの【加速】矢を足に撃ち込んで動きを制限。

それから、アスラがクレイモアで一撃必殺。殺せなかったら、また【地雷】。それでもダメなら、と延々と続けるのだ。

敵が死に至るまで。

キマイラの背中が連続で爆《は》ぜる。血肉が飛び散って、キマイラが動かなくなる。

「イーナ！　死んだか確認しろ！」

叫び、アスラは急いでサルメの方に駆け寄った。

サルメは酷い状態だった。

「【花麻酔】」

白色の花びらが、サルメの傷口に貼り付いた。

アスラはサルメを引っ繰り返して、ローブを脱がせて、背中側にも同じ魔法を使った。

固有属性・花の回復魔法。

止血と自然治癒能力の向上、それと、痛みを緩和する効果がある。

アスラは大きく息を吸って、

「ルゥウゥウミアァァァァ!!」

腹の底から叫んだ。

アスラの回復魔法では、サルメは死んでしまう。

ルミアでなければ治せない。

けれど、ルミアの回復魔法でもサルメが生きられるかどうかは五分五分。

アスラは脱がせたサルメのローブを地面に敷いて、その上にサルメを寝かせる。

「ビビらずよく動いたね、サルメ」

サルメの反応はかなり早かった。たぶん、立っていた位置的に、キマイラの姿を最初に目視できたのだろう、とアスラは推測。

そして声を出す間もなくキマイラが近付き、サルメは咄嗟《とっさ》にアイリスを庇《かば》ってしまった、といったところ。

「……団長さん……私……死にますか?」

「大丈夫。大丈夫だサルメ。心配いらない。もうすぐルミアが来るから」

アスラは微笑んでみせた。

「……団長、キマイラは死んでる……」

「よし。オフェンスチームに合流してくれ。あっちから聞こえた咆哮も、たぶんこいつと同じキマイラだろう。ルミアを呼んだから、向こうの戦力が下がっている」

「……了解」

イーナが駆け出した。

「あたしのせいだ……あたしのせいだ……あたしの……」

アイリスが歩いて来て、そのまま崩れ落ちた。

「違う。君のせいじゃない。クソッ、レコ、ここを頼む！」

「はい団長！」

アスラはレコと入れ替わって、カーロの側に移動。

護衛対象はあくまでカーロ。任務の達成はカーロが無事であること。

アスラは集中して周囲を警戒。

アイリスとゆっくり話している余裕がない。キマイラが二匹だけとは限らない。

キマイラの咆哮に釣られて、他の魔物が来る可能性だってある。

最優先で守るのはカーロだ。サルメじゃない。

「ああ……ごめんね、ごめんね、ごめんね……あたしが、あたしが……」

アイリスがわんわん泣くものだから、アスラは少し苛立《いらだ》った。集中できない。

「うるさい」とレコがアイリスの頬を叩いた。

「サルメは傭兵《ようへい》だから」レコが真顔で言う。「死ぬのは仕方ない。オレもサルメも、傭兵だから。アイリス悪くないよ?」

「……そうですよ、アイリスさん……」サルメが咳《せ》き込み、血を吐いた。「……私が、バカやっちゃいました……。それだけの、ことです……」

「本当バカ」レコが笑った。「アイリスを守れなんて命令されてないから、サルメ助かったらきっとお仕置きだよ?」

「……ですかね……」

「オレたち、荷物持ちで、いざという時はカーロの盾になれ、って命令されてたよ?」

「……怖いので、私死にますね……」

「冗談言えるなら、大丈夫だね」

大丈夫ではない、とアスラは思った。

レコは素だが、サルメはかなり無理している。

でも。

戦場では活き活きと死ね。

サルメは団規を守ろうとしているのだ。

サルメはきっといい団員になる。

だから、ああ、死んでくれるな。そう強く願った。

「生きるなら、無様に泣き叫んでもいい」

死にたくない！　死にたくないよぉ！


三人ならいけそうだ、とユルキは思った。

ルミアがキマイラの攻撃を捌《さば》き、マルクスが側面から斬撃を与える。

キマイラがユルキの存在を忘れた頃、ユルキは木の上から飛び降りる。

ルミアは捌くだけであまり反撃しなかったが、ちゃんとユルキのいる木までキマイラを誘導してきた。

ユルキはキマイラの背中に【火球】を叩《たた》き込んだ。

着地して即、キマイラを見ながら飛ぶ。ファイア・アンド・ムーブメント。

ルミアとマルクスが、もがくキマイラに攻撃を加えようとした時、アスラがルミアを呼ぶ声が聞こえた。

ただごとではないその絶叫に、一瞬、気を取られる。

その隙に、キマイラが大きく跳躍して、地面をのたうち回り、火を消してしまう。

「行くわ！　任せるわよ！」

ルミアは迷うことなく本隊の方へと駆け出した。

「移動するぞユルキ！」マルクスが言う。「すぐに炎と煙が邪魔になる！」

キマイラの吐いた火で、周囲が燃えているのだ。まだ小さな火災だが、もう少し広がったら危険だ。

戦闘がまだ続くなら、留《とど》まらない方がいい。

ユルキとマルクスが木の枝を飛びながら移動、少し遅れてキマイラが追って来た。

森の中なら巨体のキマイラより、ユルキたちの方が移動速度に分がある。遮蔽物や足場が多いから、小さい方が小回りも利く。

「ここでやるぞ！」

マルクスが叫びながら飛び降りて、追って来たキマイラを一閃《いっせん》。

しかしキマイラは躱《かわ》す。

続いてユルキもトマホークを振り上げながら飛び降りた。

キマイラは躱さず、タイミングを合わせて右の前足を振り抜く。

「ちっ」

ユルキは攻撃をキャンセルして、トマホークでキマイラの前足を受ける。

そのまま横に弾《はじ》かれた。

キマイラが追撃を入れる前に、マルクスがキマイラを攻撃。キマイラの注意はマルクスへ。

「副長抜かれたの、きっちぃ」

地面を転がってから、ユルキは体勢を立て直す。

キマイラの前足での攻撃を、マルクスが横に飛んで躱すのが見えた。

キマイラの攻撃は、それなりに太い木を一発でへし折った。凄《すさ》まじい筋力だ。まともに当たったら、一撃で骨が砕ける。

「半端ねぇなクソ！」

「だが、集中していれば対応可能だ。落ち着けユルキ。アイリスより遅いぞ、こいつは」

キマイラは巨体の割には動きが速い。

だが、あくまで巨体の割には、だ。

それに。

すでに【火球】を一発喰《く》らわしている。

キマイラはのたうち回ってすぐに火を消してしまったが、ダメージは与えた。

「んなこたぁ分かってるっての」

キマイラがマルクスを狙ってユルキに背を向けたので、ユルキはトマホークを投げつけた。

トマホークがキマイラに刺さるが、致命傷とは言えない。

キマイラが一瞬怯《ひる》み、その隙にマルクスが長剣で斬り付ける。

「くっ、毛が硬いな。ダメージは与えたが、致命傷にならん。やはり【火球】だユルキ」

「分かってんだよ、それも」

ユルキが【火球】を右手の中に創る。

しかし、近付かなければ当てられない。

キマイラはマルクスを攻撃していて、マルクスが長剣でキマイラの爪を弾いている。

ユルキは背後からサッと距離を詰めた。

しかし、キマイラの尻尾が鞭《むち》のようにしなって真横から飛んで来た。
「うおっ」
それを左腕でガードしたが、激痛が走る。
折れたかもしれない、とユルキは思った。
けれど。
痛みが何だと言うのか。折れていたら何だと言うのか。
ユルキはアスラ・リョナの拷問訓練を潜り抜けているのだ。
痛みで止まるものか。
「《月花《つきばな》》舐《な》めんな!」
右手の【火球】をキマイラの尻の辺りに叩き込む。
一瞬にしてキマイラの体毛が燃える。
キマイラが絶叫して、横っ飛び。
そのまま地面を転がる。
ユルキは即座に新たな【火球】を創造する。
マルクスがキマイラとの距離を詰めて、長剣での攻撃を加えた。
マルクスが注意を引き、ユルキが有効打を与えるという作戦。
と、キマイラの右後ろ足に矢が刺さった。
「援軍がおっせぇんだよ!」

ユルキはその場で【火球】を投げた。
本来なら、【火球】はあまり遠くまで飛ばないし、投げても速度は出ない。
しかし。
「【加速】」
ユルキが【火球】を投げたと同時に、イーナが【火球】に【加速】を乗せた。
その【火球】がキマイラに命中する前に、ユルキは更に【火球】を生成。
即座に投げる。同時にイーナが【加速】させる。
マルクスに対応していたキマイラは、【火球】を躱せず絶叫する。
それから、横に飛ぼうと沈み込む。
しかし後ろ足を矢で射貫《ぬ》かれているので、横っ飛びしようとして失敗。
更に【火球】が命中。
キマイラの身体が激しく燃え上がる。
マルクスが剣を上段に構えた。
マルクスが剣を振り下ろすと、イーナがマルクスの腕を【加速】させた。
キマイラの首が落ちて、地面を転がった。
「やったか……」ユルキがホッと息を吐く。「遅いぜイーナ……」
「……ユルキ兄たちが、どこにいるか分からなかったから……」
イーナが肩を竦《すく》めた。

「最初にいた場所は、燃えていたからな」マルクスが剣を振って血を払う。「副長を抜かれた時に移動した」

「火災に巻き込まれて死ぬのはマヌケだろ？」とユルキが笑った。

まだそれほど大規模な火災ではないので、雨でも降れば鎮火するはず。

「ユルキ、腕はどうだ？」

「腫れてんな。そういうマルクスも、全身傷だらけじゃねーか」

「お互い様だ」

ユルキとマルクスが笑い合う。

「……やっぱ、上位は強いね……。中位の時は、余裕だったのに……」

「まぁ、でも、俺らめっちゃ強くね？　自分でもビックリしてんだぜ？　あと、俺の魔法は魔物には結構有効だよな。よく燃えてくれるぜ」

まぁ、全ての魔物が毛むくじゃらというわけでもないのだが、ユルキはちょっといい気分だった。

「うむ。自分たちは強い。どうも長いこと《月花》を過小評価していたようだ。しかし驕《おご》りは禁物だユルキ。自分たちの場合、人数が増える度に加速度的に攻撃が強化される。たぶん、単体だと自分たちはそれほど強くない」

マルクスが冷静に言った。

「だから、俺ら、って言ったろ？　一人で倒せって言われたら無理だぜ。ま、団長と副長ならできるかもな。ちなみに俺も結構、俺らのこと過小評価してたぜ？」

ここにいる三人、全員ソロだったらキマイラに勝てなかった。

だが三人いれば、アスラとルミア抜きでも上位の魔物を狩れた。

「……あたしも、中位の魔物でも無理だと、思ってたから……過小評価してた……」

「仲間というのはいいものだ。特に、同じ方向を向いている仲間は」

マルクスが感慨深そうに言った。

「騎士団は窮屈だったか？」

ユルキが少し笑った。

傭兵団《ようへいだん》《月花》にフィットしているマルクスが、騎士団の思想に合うはずがない。

「あ」イーナが思い出した、というふうに言った。「……その仲間だけど……サルメたぶん殺されちゃった……」

「マジかよ⁉　キマイラにか⁉」

ユルキはとっても驚いた。

「うん……。爪刺さってたから……助からないかも……？　サルメ、なんでかアイリスを守った……。

アイリス、やっぱりまだ使えない……」

「なるほど、それで副長が呼ばれたのか」

マルクスが腕を組んで、苦い顔をした。

「合流しようぜ。サルメも心配だけど、アイリスが使えねぇなら、向こうの戦力って団長だけじゃね？」

「だな。副長はサルメの治療中で、戦力にならんはずだ。更なる魔物の襲撃があるかもしれん。戻るぞ」

「……燃えてるから、迂回《うかい》しなきゃ……」

三人はそれぞれ武器を仕舞って走り出した。

◇

「うぐぅ……痛いですぅ……」

サルメは半泣きで、苦悶《くもん》の声を上げた。

アスラの【花麻酔】の効果が切れ始めたのだ。

「大丈夫よサルメ」ルミアが優しく言う。「わたしの回復魔法は、何だって治せるの。でもちょっと時間がかかるのが弱点。分かるかしら？　サルメが死ななければ、生きることを諦めなければ、絶対に助かるの。だから耐えて。いい？　目を閉じないこと。返事は？」

「……はいぃ……」

現状、レコがサルメに膝枕をしている。

レコは時々、サルメのおでこを撫《な》でた。

アスラは少し離れた場所でカーロと二人でいる。

たぶん、こっちを足手まといだと考えて離れたのだろう、とルミアは思った。

その判断は間違っていない。最優先で守るべきはカーロなのだから。

「暗くなってきた」とレコが空を見上げて言った。

「そうね。日が落ち始めたわ。今日はこのまま、ここでキャンプするしかないわね」

今はまだ、サルメを動かしたくない。

助かるかどうかは五分五分。

「……寒いです……」

「ええ。そうね。ユルキが来たら、火を焚《た》いてもらいましょう」

サルメの傷口に貼り付いているアスラの花びらに目をやる。

元々は白かったはずの花びらが、九割近く赤くなっていた。

アスラの【花麻酔】は、花びらが白から赤に染まった時、完全に効果が切れる。

「アイリス、アスラと交代して」

「え？」

アイリスはぺったんこ座りして、心配そうにサルメを見ていた。

「アスラを呼んで。代わりにあなたがカーロを守るの？　いい？　できるわよね？」

「……自信ない……」

アイリスが俯《うつむ》いてしまう。

「英雄のくせに情けない」レコが言う。「さっきのキマイラだって、アイリスなら一人で倒せたんじゃない？」

キマイラは上位の魔物だ。英雄一人では対処が難しい。

レコだって魔物図鑑を暗記しているのだから、そのことは知っているはず。

レコがアイリスを励まそうとしているのか、追い込もうとしているのか、ルミアには分からなかった。

レコが表情を変えず、普通の感じで言ったからだ。

「……どうせあたしなんて、英雄の資格ないわよ……。ぐすっ……」

アイリスが涙を拭った。

アイリスはサルメが傷付いたことに酷《ひど》いショックを受けている。

「そうかもしれないわね」ルミアが淡々と言う。「でも、サルメが勝手にやったことよ？　アイリスが気にすることはないの」

だがサルメの判断は悪くない、とルミアは思った。

戦力的に、アイリスとサルメなら、失ってもいいのはサルメの方。

サルメも自分でそのことを理解していたはず。

けれど。

ルミアは怒っていた。

勝手な判断での自己犠牲は尊くない。

サルメの実力で、誰かを庇《かば》うというのは無理がある。

ルミアなら、アイリスを庇いながら自分の身も守れた。

つまり、身の丈に合わない行為なのだ。

「本当、勝手なことしたわね。アスラが許しても、わたしがお仕置きするわ。誰もサルメの死なんて望んでないのよ？　まだ見習いなのよ、サルメは。言われたことだけ、やっていればいいの」

アスラはきっと想定していなかった。

サルメがアイリスを守るなんて。傭兵見習いのサルメが、英雄のアイリスを守るなんて、たぶん誰も想定できない。

「ごめん……なさい……。身体が、勝手に……動いてしまって……」

「やめてよ！」アイリスが悲鳴みたいに言った。「サルメはあたしを守ってくれたの！　だからルミアはお仕置きなんて言わないでよ！　あたしが代わりに受けるわよ！　だからやめてよぉ……」

「いいわ。そうしましょう。じゃあ早速、今すぐアスラと交代してカーロを守りなさい。あなたは傷付いていて、心が痛んでいて、ずっと泣いているけれど、わたしは慰めないわ。泣くのは任務が終わってからにしなさい。それが罰よ」

ルミアが言うと、アイリスは右腕で自分の目をゴシゴシと擦った。

それから立ち上がり、アスラの方へと走り出す。

「変な罰」とレコが笑った。

「アイリスが乗ってくれて良かったわ。アスラの魔法がないとサルメが痛いでしょ？　それに止血もまだ必要だわ」

ルミアはホッと息を吐いた。

サルメに対して怒っているのは事実だが、罰を与えるつもりはなかった。

だって、サルメはもう十分に苦しんでいる。

「……挑発したんですか……アイリスさんのこと……」サルメが言う。「私、本当に……お仕置きされるのかと……」

「しないわよ、バカねぇ」

ルミアが微笑む。

「どんな感じだい？」とアスラが駆け寄ってきた。

「正直、五分五分ね。わたしの魔力が尽きるより先に、大きな損傷を治せれば、ってところかしら」

「ふむ」

アスラは少し考えて、真剣な表情を作る。

「サルメ。君に選択肢をあげよう。その一、ちゃんとお願いできるなら、私が楽にしてあげよう。【花麻酔】は痛みを緩和するけど、取り去るわけじゃない。つまり、君はこれから何時間も苦しまなくちゃいけない。無理だと思うなら、お願いしたまえ。大丈夫、痛くないように、一瞬で首を落としてあげるから。その代わり、活き活きと笑いながら逝きたまえ。なぁに、それで最期なんだから、できるだろう？」

サルメはすでに汗だくで、高熱にうなされている。

でも、生きるなら意識を保っていなければいけない。眠ったら、たぶんそのままもう起きない。

「その二、生きるなら、無様に泣き叫んでもいい。私が許す。その代わり、絶対に意識を絶やすな。

痛みと高熱で朦朧《もうろう》としながら苦しみ続け、それでも生きたいと君が願うなら、私は最優先で君を助ける。カーロはアイリスと、ユルキたちが戻ったら任せればいい」

「マルクスはこっちに必要よ」

「分かってる。水が必要だからね。ふふ、私は割と欲張りでね。任務を果たしつつ団員も失いたくない。だからお勧めは選択肢二だよサルメ。もちろん、君の意思を尊重するから、一でも怒ったりはしないよ。さぁ、考えている時間はもうないよ？　今すぐ選んで」

アスラがそう言うと、サルメはボロボロと泣き始めた。

「ああ……痛いです……！　痛いです……！」

今までずっと耐えていたのだ。

サルメはずっと泣き叫びたいのを我慢していた。

「でも……死にたくないっ！　団長さん！　私死にたくない！　助けて、お願い助けて！」

切実な悲鳴。これがサルメの本音。

「こんなの嫌です……！　こんなところで……死にたくない！」

嗚咽《おえつ》と涙と願い。

「私まだ、何にもなれてない！　何もやってない！　嫌です！　こんな、こんなの嫌です！　生きたい！　まだ生きていたい！　ここで終わったら、私の人生って何だったんですか⁉　お父さんに殴られて、娼館《しょうかん》に売られて！　気持ち悪い男たちに犯されて！　それでもいつか、って願い続けて！　やっと自由になれたのにっ！　死にたくない！　死にたくないよぉ！」

痛みと絶望を紛らわせるように、サルメが叫び続ける。

「もちろんだサルメ。君は死んだりしない。さぁ、花びらを取り替えよう。いい選択をしたよ、君。明日の朝には優しくキスしてあげるよ。構わないから泣き叫べ。意識を絶やすな。思ってること、全部言っていい」

## 四章　八話
# アスラ・リョナは特別かって？　当然じゃないか、見たら分かるだろう？

エルナ・ヘイケラは、とある弓工房を訪ねていた。

「ふぅん。コンポジットボウ……ね」

色々な素材を合成して作った弓を見詰めながら、エルナは呟《つぶや》いた。

弓工房の作業場の椅子に座っているエルナは、コンポジットボウを手の中でクルクルと回し、色々な角度から眺めた。

「……エルナ様……ワシが話したことは……」

工房の主人が、苦い顔をして言った。

主人は五〇代の男性で、東フルセンではそれなりに有名な弓職人だった。

「ええ。大丈夫よ。さっきの契約書を見せてくれるかしらー？」

エルナはコンポジットボウを作業台に置く。

主人がすぐに契約書を持って来て、エルナに渡した。

「ふふ、アスラちゃんったら、こーんなすごい弓を作らせてたなんてねぇ」

エルナは契約書に目を通す。

一度見せてもらったのだが、もう一度じっくりと内容を吟味。

「……それは、試作品で、あの子の要求は満たしていません……」

主人は作業台のコンポジットボウを見ながら言った。

「念のため、弓の線を当たってみて正解だったわー」

エルナはとっても嬉《うれ》しそうに言った。

東の英雄総出で、マティアス殺しの犯人を捜していたのだが、それはもう打ち切った。

けれど、エルナはアスラに会った時にアスラが犯人だと確信した。

魔法か、あるいは、従来の弓ではない新しい弓があるのでは、と思って弓工房を家宅捜索したのだ。

英雄殺しの捜査だと言ったので、主人は逆らえない。

まぁ、大英雄のエルナが頼み事をして、それを堂々と断れる人間というのはあまり多くない。

「コンポジットボウについては三年間、秘匿すること、ね」

契約書の内容を読み上げる。

「……その分の、ドーラも貰《もら》っています」

製作資金、成功報酬、それから、三年間秘密を守るための口止め料。アスラはそれらを惜しみなく支払っていた。

「秘匿するのは何のためか、聞いてるかしらー?」

「はい。三年ぐらいは、自分たちだけの特権としてコンポジットボウを使いたい、とのことです。以降は、世に出してもいいと言われています」

「ふぅん。その秘密を守らなかった場合は、違約金として一〇〇万ドーラをアスラちゃんに払わないといけないのね」

そんな大金を払ったら弓工房は潰れる。

それどころか、一家心中しなければいけない。

「ですから、ワシが話したことは……」

「ええ。ええ。もちろんだわ」エルナが微笑《ほほえ》む。「一〇〇万ドーラはわたしが立て替えるわ」

といっても、エルナ自身もそんな大金は持っていない。

ただ、英雄なので金を稼ぐこと自体は難しくない。

どんな仕事でも、エルナを雇わないという選択肢などない。たとえそれが酒場であっても、英雄がいるというだけで格が上がるのだから。

「ま、待ってくださいエルナ様。話すんですか？」

「ええ。話すわよー。だってアスラちゃんを英雄にしたいもの」

普通に頼んだら断られてしまったので、別の手段を講じる必要がある。

コンポジットボウはまだマティアス殺しの証拠には弱い。

でも、こっちの要求を通すのに使えるはず。

「ワシの信用にも関わるので……考え直して頂きたい……」

「でも話しちゃったじゃなーい」クスクスとエルナが笑った。「そこは諦めてー。でも大丈夫よー。わたしはこれからも、あなたの弓を使うし、他の弓使いたちにも、あなたを勧めておくから」

エルナはどうやってアスラを言いくるめるか考えていた。

コンポジットボウは完成してからすでに一年以上経過している。けれど、今はまだ世に出されたくはないはず。

まずはそこから。次に、マティアス殺しにも突っ込む感じだろうか。

あとは、英雄のメリットをコンコンと説くぐらいか。

◇

夜が明けて、ルミアがぶっ倒れた。

ルミアのＭＰは完全に空になったし、一晩中魔法を使っていたので、体力も限界だった。

ルミアの回復魔法は、持続させる必要がある。よって、使っている間中、魔法に集中しなければいけない。

ＭＰの消費は緩やかなので長く使える。しかし長時間の使用はルミア本人の気力も根こそぎ持って行ってしまう。

「良くやったルミア。ゆっくり休め。出発の時はマルクスに担いでもらうといい」

「眠いわ……」

ルミアが目を瞑《つむ》った。

「サルメも助かったし、カーロも無事。実に良かったよ」

アスラは交代で眠ったので、ルミアほど疲れてはいない。

ちなみに、サルメは寝息を立てている。隣でレコも眠っていた。

致命傷だった傷が塞がった時に、サルメに眠ることを許可したのだ。

まだ折れた腕は治っていないし、傷跡も残っているが、それはまた追い追いでいい。

「本当ですね」マルクスが長い息を吐いた。「出発はいつ頃ですか？」

「カーロに聞いてくるよ。予定より遅れているけど、できればもう少し休みたいね。私が、じゃなくて君たちがね」

アスラは軽やかな足取りでカーロの方に移動。

カーロはまだ寝袋に入っていたが、目は開いていた。

カーロの側《そば》に、ユルキとイーナが立っている。

アイリスは寝袋の中でスヤスヤと眠っていた。

「ユルキ、腕はどうだね？」

「痛むっすね。まぁ、折れてはなさそうっすけど、たぶん」

ユルキが肩を竦《すく》めた。

「カーロ。こっちの戦力が少々低下している。予定より遅れているが、もう少し休みたい。構わないかな？」

「一日増やせるかい？」とカーロ。

「探索の期間をかね？」

「そう。全五日の行程だったけど、六日にできる？　未踏の地の調査はちゃんとしたいんだよ、僕としてはね」

「ふむ……」

水はマルクスが生きている限り問題にならない。

食料も、幸いなことに食べられる木の実や薬草が自生している。

それに、経費は一日につき一万ドーラを支払ってもらう約束。

だから日程が延びても損はしない。

「昼まで休んでいいなら、一日増やそう。それでどうだい?」

「いいよ。サルメちゃん助かった?」

「ああ。大丈夫」

「そりゃ良かった。安心したよ」

カーロがホッと息を吐いた。

「よし、サルメの方に集合してくれ。そこで、交代で昼まで休む」

アスラが言うと、カーロがモソモソと寝袋から出る。

イーナがアイリスを蹴っ飛ばして起こす。

「アイリス、サルメは助かったよ」

アスラが言うと、アイリスが泣き出した。

「……感動してないで、向こうに集合……」

再び、イーナがアイリスを蹴っ飛ばす。

アイリスは泣きながら寝袋から出て、すぐに寝袋を畳み始めた。

「……でも良かった……」イーナが少し笑った。「サルメ、死ななくて……良かった……」

「ああ。俺も嬉しいぜ」

ユルキが一度、大きく背伸びをした。

それから、昼までゆっくりと休息を取った。

幸いなことに、魔物の襲撃もなく、平穏な時間が流れた。

そして出発の時間。

「戦術を変更する」アスラが言った。「ルミア、自分で歩けるかね？」

「ええ。大丈夫よ。ただ、MPは半分も回復していないわ。それと、体力も通常の半分ぐらいかしら。あまり戦力になれないわね」

「ふむ。先行はイーナだ」

「……了解」とイーナが頷《うなず》く。

「赤い矢ならオフェンスにアイリスが行ってくれ。イーナと二人で魔物を排除。いいね？」

「頑張る」とアイリス。

「黒い矢なら、私もオフェンスに回ろう。残りはディフェンス。レコは荷物持ちを継続。ユルキも荷物持ちをやってくれ。襲撃された場合、相手が中位の魔物なら戦闘はしなくていい。ただし、上位の魔物の襲撃があった場合、荷物を下ろして戦闘に参加」

「ういっす」

「サルメはマルクスが背負って移動」

現状ではこれが最善。

「ごめんなさい、マルクスさん……」

サルメは一命を取り留めた。けれど、まだ自分で大森林を歩けるような状態ではない。

熱もまだ下がりきっていない。

「気にするなサルメ。だが、魔物の襲撃があった場合、自分はサルメを地面に落とす。頭を打たないようにしろ」

「は、はい」

「よし、では移動を始めよう」

アスラが号令をかける。

マルクスが座っているサルメを抱き上げようとした。

「あ、あの、待ってください」サルメが申し訳なさそうに言う。「あの、みなさん、ありがとうございました……私、迷惑かけました……ごめんなさい」

サルメが言うと、団員たちが順番にサルメの頭をグシャグシャと撫《な》でた。

何気にカーロも混じってサルメの頭を撫でた。

サルメは照れている様子だったが、抵抗しなかった。

「えっと、サルメ、ありがとう」アイリスがサルメを抱き締めた。「あたしを守ってくれてありがとう。今日はあたしが守るから！」

「そういえば、私はサルメにキスする約束だったね。どうだい？　欲しいかね？」

アスラがニヤニヤと言った。

「あ……」とサルメが頬を染める。

まぁ、熱のせいで元々赤いのだが。

「サルメいらないなら、オレもらう」とレコ。

「ダ、ダメです。私がもらいます……」

そう言って、サルメがアイリスを少し押す。アイリスがまだサルメを抱き締めたままだったので、離れてほしいという意味だ。

アイリスは押された意味を理解し、サルメから離れた。

そして、サルメが目を瞑って唇を突き出す。

「……ほっぺか、おでこのつもりで言ったんだがね、私は……」

「あ、ああ、そ、そうですよね……。あはは……」

サルメが右の頬をアスラに向けた。

アスラはサルメの頬に軽く唇を当てた。

ちゅっ、という擬音がよく似合う感じだった。

「オレも次は死にかけよーっと」

「そしてそのまま死ぬかね？　変なことを考えるなレコ」

アスラはやれやれと肩を竦めた。

それから、マルクスがサルメを抱き上げる。

「背負えマルクス」アスラが苦笑い。「君が疲れてしまうよ、お姫様抱っこだと」

マルクスは少し照れてから、サルメを下ろして背負い直した。

「よし！」カーロが手を叩《たた》く。「じゃあ出発！　日が暮れるまでに未踏の地まで行こう！」

◇

翌朝。

アスラたちはすでに未踏の地に到着していた。

そこでキャンプして、何度か魔物の襲撃があったが、無事に朝を迎えることができた。

今日は一日、周辺の調査を進める。

カーロは何か目印になるようなものを見つけたいとのこと。

サルメも自分で歩けるぐらいまで回復したので、またアスラは編成をいじった。

ルートが決まっていないので、先行者はなし。アスラが先頭を歩き、ルミアを最後尾に。カーロの左右にアイリスとマルクス。

荷物持ちのレコとユルキ以外、全員でカーロを守りながらの移動。

サルメはカーロのすぐ隣に配置。とりあえず、今日は自分で歩いてくれればそれでいい。

「副長、今夜は俺の腕、治してほしいっす」

昨夜のルミアは、眠る前にサルメの腕に回復魔法をかけていた。サルメの腕はまだ腫れているが、だいぶマシな感じになっている。

「はいはい」ルミアが言う。「いい子にしてれば治してあげるわよ」

「俺はいつだっていい子っすよー」

ケラケラとユルキが笑った。

と、唐突にユルキが笑うのを止めた。

アスラを含む全員が立ち止まり、戦闘態勢に入る。

アスラは背中のクレイモアを抜いて、額の前で構えた。それから、柄を握った両手に魔力を集めておく。魔法を発動させる手前の状態なので、性質変化はまだ行っていない。

ルミアもクレイモアを構え、周囲を警戒。

マルクスは長剣を抜き、集中する。

イーナは矢を弓につがえ、いつでも射られるよう準備。それと同時に、魔法をすぐ発動できるように魔力を認識し、取り出し、属性変化までを両手で行った。この状態なら、臨機応変に弓と魔法を使い分けることができる。

ユルキは右手にトマホークを構え、左手で【火球】をいつでも作れるよう魔力を集めた。

「な、何この不穏な感じ……」とアイリスが呟く。

アイリスも片刃の剣を抜いて、しっかりと構える。

アイリスは昨日からずいぶんと活躍している。サルメを守らなきゃいけない、と強く思っているからだ。

「分からない」アスラが言う。「でも、異様だね、これは」

不安を感じるような、冷や汗が出るような、妙な空気が流れている。

そして。

地面が盛り上がって、何者かがゆっくりと出てきた。

アスラたちはまだ誰も動かない。

恐怖に駆られて先走るようなマヌケは、さすがにここにはいない。

「人間……カ……ココデ、何シテル？」

アスラたちの目の前に出現したそいつは、人間のような形をしていた。

「土の中に住んでいる魔物なのか？」とマルクス。

「ココデ、何、シテル？」

そいつは人間の女性のような身体だが、肌が緑色だった。髪の毛は少し明るい緑で、腰の辺りまで伸びている。

服は着ていないので、胸が丸見えだが、そいつは気にしていない様子。

そして、気になることが二つある。

一つは、そいつの下半身が桃色の花であること。

遠目だったら、大きな花の上に人間が座っているように見えるはず。

しかし実際は違う。下半身そのものが花なのだ。

二つ目。喋《しゃべ》っているという点。人間と会話するだけの知能があるということ。

アスラは唾を飲み込み、右手をゆっくりクレイモアから離す。

左手だけでクレイモアを持ち、右手を背中に回してハンドサインを送る。

そのサインは、
撤退。

知性ある魔物は危険だ。上位の中でもかなりの上位。

最悪、最上位に分類される魔物かもしれない。《魔王》の次に脅威とされている最上位の魔物は、滅多にお目にかかれない。

もし最上位の魔物なら、全滅する可能性もある。今の《月花《つきばな》》に、最上位の魔物はまだ早い。

「悪いね。君の領土だったかな？　私たちに敵意はないよ。散歩みたいなものさ」

アスラは笑顔を浮かべた。

「サンポ？　分カラナイ……。オマエタチ、私ノ、養分……ナレ。ソシタラ……未来、教エル」

魔物図鑑にこいつは載っていない。

「いや。未来なんて別に知りたくないよ。ところで、君、名前は？　私はアスラ・リョナ」

「名前……種族……アルラウネ……個別ノ名……ナイ。養分……ナレ。未来……教エル……」

「アルラウネというのか。よろしく。そしてさようなら。私たちは立ち去る。養分になれなくて悪いね」

「モウスグ、救済……訪レル……。大キナ、闇ガ、神ヲ滅ボス舞ヲ……神罰ノヨウニ……ソシテ、死ニ絶エル……。今、養分、ナッタ方ガ……幸セ。救済ヲ自称スル絶望ガ、訪レル」

「そんな意味不明な言葉の羅列で、私たちを養分にする気とはね。まったく笑えない」

アスラは再び両手でクレイモアを握り、構え直した。

「未来、教エタ。養分、ナレ！」

地面から、植物の根が生えてくる。

「走れ!!」

アスラが叫び、アスラ以外の全員が元来た道を走る。

アスラは植物の根をクレイモアでぶった斬って時間を稼ぐ。

無事に撤退させるため、殿《しんがり》を務めるつもりなのだ。

パッと見た感じ、アルラウネはあの場所から動けない。あそこに生息しているのだ。

よって、無理に倒さずとも、離れれば問題ない。

いくつかの根を叩き斬って、そろそろ自分も離脱しようとアスラは思ったのだが。

膨大な量の植物の根が、アスラとアルラウネを囲む壁のように迫《せ》り上がった。

「おい、冗談が過ぎるよ、それは」アスラが苦笑い。「君、どんだけ根が大きいんだよ……。とんでもないな、まったく……」

「最初カラ、オマエガ、欲シカッタ……。オマエ、トッテモ、美味《うま》ソウ」

「ははーん。他の連中はわざと逃がしたと？」

まぁ、こんな壁が作れるなら、最初から作れば全員捕獲できた。

「アノ中デ、オマエダケ、特別ナ、存在。ダカラ、オマエダケ、欲シイ」

「まぁ私は美少女な上に、武器は何でも扱えて、固有属性の魔法を会得し、更にＩＱは一九〇もあるからね。ははっ！　よく分かったね、私が特別だって！　私の未来を視てそう感じたのかな？　だとしたら、私は歴史に名を残せるんだろうね！　ははっ！　一つ約束しよう。私を閉じ込めたこと、後悔させてあげるよ！」

# 四章　九話

# アスラ・リョナはいつもボロボロ名前のせいかな？　それとも私の性格かな？

「あ……ぐっ……」

アスラは両手を植物の根で縛られ、宙づりにされていた。

クレイモアは地面に転がっている。

クレイモアの周囲には、膨大な量の分断された根も一緒に転がっている。

アスラはたった一人で、数え切れないほどの根を捌《さば》いた。

だが多勢に無勢。最終的に捌き切れなくなって、今の状態になった。

受けたダメージも相当なもの。どこが痛いのか分からないぐらい、全身が痛かった。

「サァ、養分、ナレ」

アルラウネは無表情で言った。

ずっと無表情だ。

植物の根が、アスラを吊《つ》ったままアルラウネのすぐ前に移動。

「私は約束を果たすタイプなんだよね」アスラが少し笑う。「それより、ちょっと聞きたいんだけどさ、君はどうして人間を知っている？」

アルラウネは何も答えない。

質問の意味が理解できていないのかも、とアスラは思った。

「過去に人間を食べたことがあるのかね？」

公式には、ここは未踏の地となっている。よって、アスラたちが初めての人間のはず。

それなのに、アルラウネはアスラたちを見て人間だと言った。

「人間、養分、シタ……。冒険者……探索……探検……。秘密、教エテ、養分シタ」

「なるほどね。私たちが最初じゃないのか」

まぁ、大森林にロマンを抱く者は少なくない。非公式にここまで辿《たど》り着いたチームがあったのだろう、とアスラは思った。

でも帰還できなかったから、ここは未踏の地のままなのだ。

アルラウネに食べられて終わったのだ、彼らの冒険は。

「オマエ……秘密、知リタイ？」

「そうだね。冥土の土産に聞いておこう」

「言葉……ドウシテ、知ッテルカ、知ッテル？」

「知らないよ。人間に教わったのかね？　君が過去に食べた人間に」

「……？　人間ニ、言葉教エタノ……彼ラ。アルラウネ、彼ラニ、聞イタ……」

「ふむ、最初に言葉を発明した誰かが、君にも教えたということかな？　長生きだね、君。まぁ植物だからかな？」

「秘密教エタ……養分、ナレ」

アルラウネの下半身を形成している花が、巨大な口を開いた。

ギザギザの尖《とが》った歯がいくつも生えていて、口を開いた瞬間に少し甘い香りがした。

「なるほど。そっちが本体で上の人型は疑似餌のようなものか。私も秘密を教えてあげるから、少し待ちたまえ」

「秘密……？　知リタイ……」

アルラウネは大口を開けたまま。

「君は最上位の魔物じゃない。上位の中では真ん中ぐらいの強さってとこかな。酷《ひど》く不穏な気配をまとっているが、それは君の花粉か何かのせいじゃないかな？　不安を煽《あお》るような成分があると推測している。自分をより強い魔物だと錯覚させるための、いわゆる自衛手段的なものだろう」

アルラウネはアスラの言葉を聞いている。

「いやー、喋《しゃべ》る魔物には初めて出会ったから、最上位かと思って撤退させたんだけど、うちの連中なら普通に君に勝てたよ。ああ、それと、君は自分の未来は視《み》えないみたいだね。私を閉じ込めたこと、死にながら後悔してくれ。聞いてくれてありがとう。では死ね」

アスラは花魔法【地雷】をアルラウネの口の中で発動させた。

七回の爆発があって、アルラウネは内側から粉々に飛散した。

アスラが地面に落ちるが、ちゃんと受け身を取る。

でもアスラはそのまま寝転がっていた。

アルラウネが爆散した時に、壁を形成していた根は全て崩れ落ちている。

「魔物図鑑に私の名前を載せてもらおう。初めてアルラウネを倒した人間、ってね」

アスラはククッ、と笑った。

花が本体で、防御力もさほど高くないというのは有益な情報だ。

不穏な気配を感じて不安になるが、上位の中では真ん中ぐらいの強さというのも有益。

「アスラ‼」

アイリスが駆け寄ってきた。

足音が聞こえていたので、アスラは特に驚かない。

「撤退しろと命令したはずだが？」

アスラが上半身を起こす。

「あたし団員じゃないし！　みんな心配してたから戻ったの！　一人で倒したの⁉」

「まぁね。大した敵じゃなかったよ」

「……その割にはボロボロに見えるけど？」アイリスが苦笑い。「しかもアスラ、ベトベトじゃない？　酷く甘い匂いするし……」

「ああ。アルラウネが悲惨な感じで飛散した時に、体液だか樹液だか蜜だかを浴びてしまってね」

「そうなんだ？　大丈夫なの？　毒とかないの？」

アイリスは心配そうにアスラの顔を覗《のぞ》き込んだ。

「アルラウネは悲惨に飛散したよ、ははっ、悲惨に飛散したんだよ？」

「？」

アイリスが首を傾《かし》げた。

「クソ、ギャグが理解できんのかね君は……」

アスラは小さく首を振った。

突っ込みがないと面白くない。

ユルキだったら、「うわぁ、団長がまたくだらないこと言ってんぞー」って感じで乗ってくれるのに。
◇

「ベトベトでギトギトの団長、興奮する」

みんなと合流した瞬間に、レコがアスラに抱き付いた。

「わぁ、でも団長、酷い匂いする……興奮できないぐらい臭い……」

レコがアスラから離れた。

アスラ・フェチのレコが興奮できないとなると、それはもう想像を絶する匂いということ。

「甘すぎて胸焼けしそうな匂いね……」とルミアが顔をしかめた。

「団長、マジで離れてくれねぇっすか？　鼻が曲がりそうっす」とユルキ。

「これはキツイ……団長は平気なんですか？」とマルクスが苦笑い。

「ほら！　やっぱり酷い甘い匂いじゃないの！」アイリスが言う。「あたしが変なんじゃなくて、アスラが変なのよ！　なのにあたしのこと、『これだから貴族のご令嬢は』とか言ってバカにしたのよ！」

「私自身はちょっと甘いかな、ぐらいなんだよね。悪かったよアイリス。君の過剰反応だと思ったんだ」

事実、みんなが言うほど酷い匂いだとアスラは感じていない。

「団長ちゃん、ケーキより甘い匂いしてるよ……」カーロが力なく笑った。「まぁケーキの香りとは種類違う甘さだけどさ」

「……そしてその匂いに釣られて、魔物登場……」

イーナが淡々と言った。

アスラたちの周囲に、下位の魔物と中位の魔物が大量に集まっている。

群れと表現しても差し障りない。今まで、これほど大規模な襲撃は受けていない。

そうなると、やはりアスラの匂いが原因か。

「……私のせいで魔物が集まっているのか……クソッ、とりあえず脱ぐ」

アスラはその場でローブを脱ぎ捨てる。

「やばくねーっすか？　数多すぎて、きっちーっすよこれ」

「分かってる。さすがにこれだけの数を相手にしたら、こっちも無傷じゃ済まない。撤退が最善だね。殿《しんがり》はマルクスとアイリスで頼む。私は割とダメージを受けているから、殿を務めるのは無理だね」

魔物たちは低く唸《うな》りながら、徐々に距離を詰めてくる。

「でも団長の匂いのせいだから」レコが言う。「団長残したらオレたち助かるんじゃない？」

「君、私のこと本当に好きなのかね？　割と鬼畜な発言するね。ゾクゾクするよ」

「ゾクゾクしている場合ですか？」マルクスが呆《あき》れ口調で言う。「早く決めてください」

「カーロ、済まないが撤退でいいかね？　命があれば、また探索には来られる。それとも、ここでみんな死ぬかね？」

「魔物図鑑が増えただけで、今回は良しとするよ。次の探索の時も君たちに頼みたいね」

「よし！　撤退！　急げ！」

アスラたちが走り出すと同時に、魔物の群れが飛びかかってくる。

◇

アスラたちは満身創痍《まんしんそうい》だった。

すでに日が落ちて、キャンプを張っている。

かなりの距離を戦いながら走ったので、みんな体力が底を尽きかけている。

一体、どれほどの魔物を殺したのか。

ちなみに、アスラは今、マルクスの攻撃魔法を浴びている。

身体に染みついた匂いを全部落とすためだ。服は走りながら全て脱ぎ捨てたので、全裸の状態。

日が落ちているので、焚《た》き火があっても水を被るのはかなり寒い。

だが、服を全て捨てたおかげで、途中から魔物の襲撃が減った。

「アルラウネめ、とんでもない置き土産を残しやがって」

アスラがブツブツと文句を垂れる。

アスラは身体中、細かな傷と痣《あざ》でいっぱいになっていた。

アスラ以外の団員たちも、みんなそれぞれに傷を作っている。

ルミアが殿で奮闘していたアイリスに回復魔法をかけていた。

アイリスの傷が一番酷いからだ。

サルメもキャンプを張ったと同時に寝袋に入ってそのままダウンしている。

病み上がりの状態であれだけ走ったのだから、当然と言えば当然。

イーナとユルキは見張りに立ってくれているが、二人も相当の疲労があるはず。

「上位一匹よりも、下位や中位の群れの方が厄介ですね」

マルクスの攻撃魔法が終わった。

水をかけるだけの攻撃魔法は、シャワーの代わりに使えるのがとっても便利。

「そうだね」と言いながら、アスラが髪を振る。

それからすぐに焚き火の前に座り込んだ。

「自分のローブを羽織りますか？　返り血でべっとりですが」

マルクスも殿だったので、数多《あまた》の魔物を斬り伏せ、その返り血を浴びている。

ケガがアイリスより少ないのは、戦闘経験の差。

「いや、乾いたらこのまま寝袋に入らせてもらう」

「ボロボロの団長、興奮する」言いながら、レコが背後からアスラに抱き付く。「あっためてあげる」

レコはローブの前を外して、アスラを覆うように広げた。

「君、私に叩《たた》かれるのと、私がボロボロになっているのとでは、どっちがより興奮するんだい？」

「ボロボロの団長が一番！」

「……性的サディストになりつつあるのか、それとも私フェチの延長か？　まぁどっちでもいいけど、硬くしたモノを押し当てるな」

「分かった」

レコがアスラから少し腰を離した。

なんだかんだ、レコは素直。

「性的サディスト」マルクスが言う。「相手に肉体的、または精神的苦痛を与えることで興奮する者、でしたか？」

「そう。一種のパラフィリア。普通のサディズムとは違う。パートナーとの間で合意があって行われるプレイは健全なものだよ。けれど、性的サディストは相手のことを考えない。合意も得ない。前世じゃ、かなりヤバイタイプの犯罪者だったね。拷問してから殺すか、もしくは死なせてしまうタイプのシリアルキラーで、まぁヤバい奴《やつ》だよ」

「団長よりヤバい奴のようですね」

「ある意味ね。ちなみに私は痛めつけるより痛めつけられた方が興奮する。命の危険があると余計にね」

ククッ、とアスラが笑った。

生きるか死ぬか、みたいな状況が大好きだ。

今日の撤退劇は心が躍った。

アルラウネとの戦いも、それなりに良かった。欲を言えば、アルラウネがもっと賢くてもっと強く、そしてもっともっとアスラを追い込んでくれれば更に良かった。

「……そうですね……」

マルクスが苦笑いした。

「オレ、心が壊れてて団長フェチで、性的サディスト?」

「心が壊れていて私フェチなのは確定しているけど、性的サディストの方はまだ分からないかな。私フェチの延長の可能性の方が高い」

「オレ、団長フェチ、団長大好き」

「ふふ。私は女が好きだが、モテるのは気分がいい」アスラが笑った。「とりあえず、そろそろ休ませてもらう。私の見張る番になったら、優しく起こしておくれ。明日から街に戻るだけだし、もう大きな脅威はないだろう」

## 四章 一〇話

# 「神性の前に誰もが悔い改める」私以外、だね？ いつも私だけ仲間外れなんだよね

アスラたちがコトポリ王国の城下町に戻ってから、三日目。

アスラは昨日と一昨日を完全なオフにした。

みんな満身創痍《まんしんそうい》で、休息を必要としていたからだ。

「さて、朝っぱらから集まってもらったのは、君たちの状態を知っておきたかったから」

宿のアスラの部屋に、団員たちが集まっている。

団員ではないが、アイリスも混じっていた。

イーナが「人口密度」と言わないのは、アスラの部屋がとっても広いから。

だいたいの場合、話がある時はアスラの部屋に集合するので、最初から広い部屋を取ったのだ。

ベッドも夫婦が一緒に眠るサイズなので、アスラ一人で眠るにはちょっと大きすぎる。

けれど、ほぼ毎晩レコとサルメがアスラのベッドに潜り込んでくるので、三人で眠るとちょうどいい感じだった。

三人とも身体が小さいから、大人二人用のベッドサイズがフィットしたのだ。

「わたしはいい感じよ」ルミアが言った。「いつでも旅立てるわ。と言っても、エルナ様の到着待ちよね」

「自分も問題ありません。次の仕事を請けられるコンディションです」マルクスが言う。「その前に、エルナから残りの金を受け取りたいところですがね」

「俺もまぁ、悪くはねぇな」ユルキが左腕を回す。「副長は忙しかったっしょ？　毎日みんなのケガを治療してたんっすから」

「でも大丈夫よ。宿のベッドでゆっくり休めるもの。森の中で寝袋とは全然違うわ」

「年を取ると、野宿は堪えるかね？」

アスラがクスクスと笑った。

「一五年後にはわたしの気持ちが分かるわよ、きっと」

ルミアが肩を竦《すく》めた。

「……あたしは、平気。大きなケガ、してないし……。でも次の仕事の前に、いつもみたいに豪遊したい……」

「それ賛成です」サルメが笑顔で言った。「美味《おい》しい物食べたいです。あ、宿の料理が美味しくないって意味じゃないです……」

サルメはもうほとんど完全に回復している。

アスラはサルメを見て、自然に笑みが零《こぼ》れた。

それは穏やかかな、優しい笑顔。

しかし。

元気になってなによりだ、これからハードにしごいて立派な魔法兵にしてあげるからね、と心の中では凶悪に笑っていた。

「オレも、美味しい物を団長の裸体に載せて食べたい」

「どんな趣味だよレコ」とユルキが笑った。

「マニアックすぎて理解できん」とマルクス。

「本当、レコってすごいヘンタイ」アイリスがレコを睨《にら》む。「あ、あたしも元気よ」

「よしよし、みんな割と元気なようだから、明日は軽めの訓練だね」アスラは花が咲くように笑った。

「さすがに次の仕事はまだ請けない。エルナに金を貰《もら》って、要望通りに豪遊してからでいい」

と、外がかなり騒がしいことに気付いた。

アスラは窓の方に移動して、外を見る。

ルミアとユルキも寄って来た。

「何かしら？」

ルミアが窓を開ける。

「ドラゴンだ！　ドラゴンが出たぞ！」

誰かが叫んでいるのが聞こえた。

「ほう。ドラゴンって上位の魔物だよね？　図鑑にも何種類か載っていたね」

ちなみに、カーロはアルラウネの情報を国に買い取ってもらった。

その情報は、アルラウネを倒したアスラの名前とともに、魔物図鑑に掲載される予定になっている。

アスラは新しい魔物図鑑の刊行がとっても楽しみだった。

大森林に隣接している国々が共同で出資している会社が出版するのだが、冒険者のためにも情報を早く更新する必要があり、刊行が早い。

「オレ、ドラゴン見たいな」とレコ。

「あ、私もです」とサルメ。

「まぁ、普通に生きていたらドラゴンを見る機会などないからな」マルクスが言う。「さすがはコトポリと言ったところか」

「よし、冷やかしに行こう」アスラが言った。「金にならないから、戦闘に参加する必要はない。見学しよう、見学。私もドラゴンに興味がある」

「そういうところ、やっぱりアスラも子供なんだなぁ、って思うわ」

ルミアがしみじみと言った。

そして全員で宿を出る。

◇

その異様な光景に、アスラたちは酷《ひど》い違和感を覚えた。

けれど、アスラは興味の方が勝った。上位の魔物なら、すでに戦闘経験済みだし、近寄っても大丈夫だと思った。

ドラゴンは大通りに降りていて、その周囲を蒼空《そうくう》騎士たちと兵士たちが封鎖していたのだが、なぜか全員跪《ひざまず》いていた。

跪いて地面を見ている連中の間をすり抜けて、アスラたちはドラゴンの前まで移動した。

ドラゴンは緑色の鱗《うろこ》に覆われていて、見るからにどう猛そうな雰囲気。大きな尻尾と巨大な翼。

だいたい想像通りのドラゴンなのだが、あまり大きくない。

前世の物でたとえるなら、バスぐらいの大きさか。

いや、バスよりは少し小さいか。

だけれど。

問題はドラゴンじゃない。

ドラゴンの背から、人間が二人、降りて来た。赤い髪の少女と、白い髪の女性。

上位の魔物を使役しているとなると、かなり特別な人間であることは間違いない。

「探す手間が省けましたわ」

赤い髪の少女が言った。

「そのようですね」

白い髪の女性はルミアを見ていた。

「そっくりだね」とアスラ。

白い髪の女性は、ルミアとまったく同じ顔をしていた。まるで双子だ。

「みんなもそう思うだろう？」

アスラが振り返ると、団員たちが跪いていた。

「俺……」ユルキが泣きそうな声で言う。「俺、盗賊やって、色々盗んで、懺悔《ざんげ》したいっす」

「……あたしも……」イーナも跪いている。「……悪いこと、ばっかりした……痛いの、嫌いだけど、罰を受けるべきだと思う……」

「自分は、魔法兵になることで親に勘当され、そのことを気にしています……」

マルクスはギュッと眼を瞑《つむ》って跪いていた。

「おい、どうなってる？」

アスラはその様子に戸惑った。

「あたし、何も知らなくて、ただ強いだけで、本当は英雄の資格なんかないもん！　傭兵《ようへい》見習いのサルメに守られて！　あたしなんて、全然英雄らしくない！」

アイリスが地面に伏せて悔しそうに地面を叩《たた》く。

「私……どうしよう……ウーノを殺したの、実質私です……。罰を受けないと……」

サルメは虚《うつろ》な瞳で白い髪の女性を見ていた。

「オレ、家族が殺されたのに、逃げただけで……何もできなかった」

レコが悔しそうに言った。

「ねぇ、ねぇ生きていたの？」ルミアが泣き出す。「生きていてくれたのね？　ごめんなさい、あなたを守れなかったの。わたし、あなたを守れなかった」

「いいのです」白い髪の女性が微笑《ほほえ》む。「今はルミア・カナールと名乗っているのでしょう？　ルミアを名乗っていること、とっても嬉《うれ》しく思います」

こいつらが何者なのか、アスラは推測する。

「君はジャンヌ・オータン・ララを名乗っているフルマフィ……犯罪組織のゴッドかね？」

アスラが質問したが、白い髪の女性は何も言わなかった。

「そうですわ」代わりに、赤い髪の少女が言う。「姉様はジャンヌ・オータン・ララと名乗っていますわ。そして、ぼくはティナ。はじめましてですわ、アスラ・リョナ」

「私を知っているのか。って、そりゃそうか。君らの組織の末端を一個潰したからね」

アスラが肩を竦めた。

「……アスラは、なぜ跪きませんの？」

ティナは不可解なモノを見るようにアスラを見ていた。

「むしろ、なぜみんな君らに跪いているんだい？　何かしたのかね？　魔法か？　それとも特殊なスキルか？」

「君ら、ではありませんのよ？　みんな姉様の神性に膝を折っていますの。ぼくは関係ありませんわ」

「ほう。これが神性か。面白いね」

アスラは神性を持った人間に会ったのは初めてだが、歴史上、神性を持った人間は度々出現している。

そして必ず、何かを救う。

救世主となる者が神性を持つのか、神性を持っているから救世主になるのかは分からない。

救うモノの大きさで、神性の強さも変わる。

一〇年前のジャンヌ・オータン・ララは国を救った。

国を一つ救ったにもかかわらず、これほどの神性はなかった。

声が神々しく響くとか、眩《まぶ》しく見えるとか、軽く怒られたいとか、そういう感じだったと聞いている。

だが特別さの演出には十分。神の使徒を名乗っていたジャンヌを、ほとんどの者が疑わなかった。

有罪になるまでは、の話だが。

当時、罪を認めた瞬間にジャンヌの神性は消えた。

「さて、神性の効力はどの程度かな？　試してみよう」

アスラがニヤニヤと笑った。

「ルミア！　私の声が聞こえているなら立ち上がれ！　これは命令だよ！」

アスラが普段は出さないような、かなり厳しい声音で言った。

ルミアがビクッとして勢いよく立ち上がる。

そして我に返ったような表情を見せた。

「……わたしまで神性にやられそうだったわ。アスラの声が引き戻してくれたけれど」

ルミアが肩を竦める。

「なんだ、その程度か、神性って」

軽いトランス状態、と言ったところか。あるいは、マリファナ吸いすぎて悪い方に入ったようなものかな、とアスラは思った。

「神性を意に介さない上に、他の人間まで引き戻しましたの？　どういう原理ですの？」

ティナは心底、意味が分からないという表情だった。

「わたしのアスラはね」ルミアが言う。「罪の意識がまったくないの。懺悔の気持ちが一切ないの。神聖なものを理解できないの。だから神性なんて存在しないのと同じことなのよ」

「有り得ませんわ！　懺悔の心がないなんて、そんなのケダモノ以下ですわ！」

「そうよ」ルミアが淡々と言う。「アスラはケダモノ以下よ。昔からそうだったわ」

「おい、傷付くから私の悪口はそのぐらいにしてくれないかな？」

神性が通じない理由は、アスラに罪の意識がないから。

「確かに私はイカレてると言われるし、共感能力も著しく低いし、懺悔の心なんて持ち合わせちゃいないけれど、ケダモノ以下は酷いなぁ」

とはいえ、こっちの世界に生まれたアスラは正常な人間である。

普段は混じり合っているその綺麗《きれい》なアスラが前面に出てしまうと、もしかしたら神性に膝を折るかもしれない。

「面白いですね」ジャンヌが笑顔を浮かべる。「珍しいです。ちょっとあたくし、嬉しいかもです」

ジャンヌに懺悔をしなかった人間は、アスラだけ。

他はみんな跪くか放心している。

もちろん、《月花《つきばな》》のメンバーたちも。

情けない奴《やつ》らだなぁ、とアスラは思う。

「おいユルキ！　いい加減にしないとマルクスの腕をケツの穴にぶち込ませるぞ！」

アスラが叫ぶと、ユルキが飛び跳ねるように立ち上がった。

「そりゃ勘弁っすわ。んなことされたら俺のケツ崩壊するっすわ」

「マルクス！　ユルキのケツに腕を入れたいか⁉」

「絶対に嫌であります」

マルクスも立ち上がった。

「イーナ！　逆さまに吊《つる》して鞭《むち》でしばいて泣かせてほしいかね⁉」

「……ふぁ⁉　……嫌、絶対に嫌……団長怒らないで……」

イーナが半泣きになりながら立ち上がる。

「サルメ！　娼館《しょうかん》に戻りたいかね⁉」

「絶対に嫌です」

サルメが我に返る。

「レコ！　ジャンヌと私と、どっちに罰してほしい⁉」

「もちろん団長！」

レコがアスラに抱き付こうとしたけれど、アスラはヒラリと身を躱《かわ》した。

「というわけだ」アスラがニヤリと笑う。「こいつらは神性よりも何よりも、私に従う。はん。くだらん手品を見せられた気分だよ」

「あ、有り得ませんわ……」

ティナは驚愕《きょうがく》に震えていた。

「すごいです！」ジャンヌは嬉しそうに手を叩いた。「わー！　なんだか嬉しいですね！　懺悔されないって新鮮です！」

その様子を見てアスラは気付く。

ジャンヌは神性をコントロールできない。その特性は本人の意思に関係なく常に発動しているということだ。

「それで？　君たちは何をしにここに？」アスラが言う。「支部を潰した私たちに報復をしに来た、って可能性が高いけど、そうなのかな？」

アスラの言葉で、ルミアとアイリス以外が臨戦態勢を取った。

アイリスはまだ地面を叩いていた。

アスラはアイリスの横腹を蹴っ飛ばした。

「君、地面とキスするのが趣味とは知らなかったよ。すごいヘンタイだね。地面フェチかね？」

「いったぁ！　なんで蹴るのよ⁉」

アイリスが横腹を押さえながら立ち上がった。

「ぼくたち、別に報復に来たわけじゃありませんわ」

「そうですね。ルミア・カナールを連れに来ました。やはり、姉妹は一緒の方がいいとティナに説得されてしまって……」

ジャンヌが肩を竦めた。

「連れに来た？　ルミアを？　バカ言うな。うちの副長を勝手に連れて行くな。オフの日にお茶でもしたまえ。それなら私も文句は言わない。ルミアは新しい人生を歩んでいる。それが理解できないのかね？」

「新しい人生なんてありません。ずっと続いています」ジャンヌがアスラを睨む。「あの日から、ずっと続いているのです。あたくしと行きましょうルミア。罪悪感で押し潰されそうなあなたの心を救います。あなたを救うのに、《月花》が邪魔になるのなら、みんなバラバラに刻んでその肉片を家畜の餌にでもしてあげます」

## 四章　一一話

# 世界で最も愚かな者は誰かって？　私と敵対するようなマヌケがいるなら、そいつだろう

「ちっ、話が通じないのかね君は」

戦闘になるかもしれない、とアスラは思った。

完全にタダ働きなので、あまり気は進まない。

けれど、降りかかる火の粉は払う。それが《月花《つきばな》》の方針でもある。

「さぁ、行きましょうルミア」

ジャンヌがそう言った時、少し強い風が吹いた。

ジャンヌは左手を持ち上げて、自分の長い髪の毛を押さえる。

その瞬間、ティナがビクッと身を竦《すく》めた。

「虐待しているのか……」

アスラが呟《つぶや》いた。

その言葉に、ティナが目を丸くした。

それから恥じるように目を伏せる。

「何の話ですか？」ジャンヌは首を傾《かし》げた。「理解できません。それより、早く行きましょうルミア。あたくし、話したいことがたくさんあります」

ジャンヌの言葉で、ルミアの心が少し揺れたのがアスラには分かった。

長く会っていなかった姉妹。募った想いというものがある。

だけれど。

「行くなルミア。行ったら、君は酷《ひど》い目に遭う。気付いたはずだよ。ジャンヌは君を虐待する。絶対にだ」

「あたくし、そんなことしません」ジャンヌは心外だ、というふうに頬を膨らませた。「勝手なことを言わないでください。ルミア、どうするのです?」

「……あなたと話したいわ」ルミアが言う。「でも、わたしは傭兵団《ようへいだん》《月花》の一員なの。だから
アスラが言うように、オフの日にお茶でもしない?」

「ふむ……」

ジャンヌは溜息《ためいき》を吐いて。

「【神罰】改め【神滅の舞い】」

唐突に魔法を発動させた。

漆黒の翼を翻し、宵闇のような黒い髪の堕天使が降臨する。

堕天使は手に持った闇の色をした剣を一閃《いっせん》。

跪《ひざまず》いていた人間たちの首が、まとめて四つほど飛んだ。

鮮血が飛び散り、周囲で跪いていた者たちが我に返って何かを叫んだ。

堕天使はそんな人間たちを容赦なく細切れにし始めた。

凄《すさ》まじい速度で移動しながら、次々に斬殺していく。丁寧にバラバラにしていく。

あまりにも突然すぎて、アスラですら状況を一秒ほど理解できなかった。

誰かの悲鳴が聞こえて、血と肉が飛び散り、瞬間的に地獄が創造される。

ドラゴンがノソノソと移動して、人間たちの死体を食べ始めた。

「な、何をしているの⁉」

ルミアが叫んだ。

「ルミアのせいです」ジャンヌが淡々と言った。「ルミアがあたくしと来ないから、みんな死にます。みんなバラバラの肉片になります」

「ちょっと待ってよ！　何言ってるの⁉　ねぇあなた、何を言っているの⁉」

ルミアが混乱した様子で、悲鳴のように言った。

「何してんのよあんた‼」

アイリスが剣を抜いて、ジャンヌとの距離を詰めた。

アイリスがジャンヌを捉え、剣を縦に振る。

その剣を、ティナが右手の人差し指と中指で挟んで止める。

信じられない、とアスラは思った。アイリスは闘気を使っていないけれど、それでも英雄だ。

アイリス自身、何が起こっているのか理解できていない。

ティナが左手でアイリスの頬を殴りつけた。

アイリスの身体が吹っ飛んでいって、露天に突っ込んだ。

アイリスは起き上がらなかった。

「や、やめてくださいませ姉様！」

ティナは必死な様子で言った。

ジャンヌは背中にクレイモアを背負っていて、右手が柄に伸びている。

「なぜです？」

「ここまでやる必要はありませんわ！　ルミアに嫌われてしまいますわ！」

「そんなことありませんわ」ジャンヌが言う。「ルミアがあたくしを嫌うはずがないです。ねぇルミア、そうでしょう？」

堕天使は相変わらず、無関係な市民を虐殺している。

想像を絶する地獄が形成されて、
アスラは少し興奮した。

「ああ、クソ、フル装備でくれば良かったよ」

アスラたちはいつもの短剣をローブの下に装備している以外、何も持っていない。

元々、冷やかしのつもりだったからだ。

「あいつ、正気かよ……」とユルキ。

「……あたしらでも、こんなことしない……」

イーナが周囲を見回して言った。

「【神滅の舞い】」

「【神罰】！」

ジャンヌが新たな堕天使を降臨させ、同時にルミアも天使を顕現させた。

黒い翼の堕天使と、白い翼の天使。

闇の剣と光の剣が、激しくぶつかり合う。

堕天使と天使はそのまま斬り合いを始める。

血も肉も飛ばない斬り合いだが、それはこの世のモノとは思えないほど美しく、心の躍る光景。

光と闇が一緒になって踊っている。

ルミアの【神罰】を見て、レコ以外の団員たちが酷く驚いていた。

それはそうだ。ルミアは自分の魔法は光属性だと言ってある。

固有属性・天だということはずっと秘密にしていた。

「ああ、ルミア、全部あなたのせいですよ？　あなたが、あたくしと来ると言えば、あなたの仲間は殺しません。どうします？」

「バカかね君は」アスラがやれやれ、と肩を竦めた。「私らを殺す？　君がかね？　冗談にしても笑えないね」

そう言いながら、アスラは笑っていた。

「ルミア、早く決めてください。あたくし、まだまだ堕天使を呼べますよ？」

「……」

ルミアは唇を嚙《か》みながら、周囲の状況を見る。

ああ、なんてことはない。ただの地獄さ、とアスラは思った。

「行く必要はないよルミア。面倒だから、こいつはここで殺してしまおう」

アスラが笑う。

凶悪に笑う。

まるで《魔王》のように、まるで悪意そのもののように。

ルミアは一度目を瞑《つむ》って、
小さな深呼吸をして、ジャンヌのすぐ前まで歩いた。

「……行くわ。だからもう誰も傷付けないで」

堕天使が二人とも消える。

それを確認してから、ルミアも天使を消した。

ルミアはアスラたちを振り返り。

「……アスラたちも、わたしの姉妹を傷付けないで」

「ルミア」

アスラが呼ぶ。その声が、少しだけ、いつもと違っていた。

何かが抜けたような声だね、とアスラは自分でそう思った。

鼓動が少し、速くなったような気さえする。

でも、言わなくては。

私は君を、失いたくない。

「私は団員たちの意思は尊重してきた。これからもそうする」アスラの声が微《かす》かに震える。「だからこれは命令じゃない。お願いだ。行かないでくれ」

「ごめんなさいアスラ、わたし、抜けるわ」

ルミアは寂しそうに言った。

その瞬間、アスラの胸が痛んだ。

キュッと締まるような、不思議な痛み。

とっても心地よい、想像した通りの、喪失の痛み。

「……副長、行っちゃ嫌……」とイーナが泣きそうな声で言った。

イーナとルミアは性格が合わない。だから仲が悪いようにも見える。

だけれど、イーナはルミアのことを嫌っていない。

「ごめんなさい」とルミア。

「……やだ……やだよ……」

グスン、とイーナ。

イーナがルミアに反抗したり、悪戯《いたずら》するのは、単純に構ってほしいから。

マルクスに対しても同じ。大人に構ってほしいのだ。

「……」

ルミアは何も言わず、曖昧に笑った。

「ああ。ああそうかい。クソッタレ。行っちまえクソ。引き揚げるよ。イーナ、あとで私がハグしてあげるから、帰ろう」

アスラが踵《きびす》を返した。

その瞬間。

ジャンヌがクレイモアを抜きながら距離を詰め、アスラの背中を斜めに斬った。

アスラが地面に倒れる。

「な、なんてことしたの⁉」

ルミアが今度こそ、本当の悲鳴のように甲高い声で叫んだ。

「あたくしを殺すと言ったので、お仕置きです。命に別状はないでしょう。痛むと思いますけれど」

ふふっ、とジャンヌが危険な笑みを浮かべた。

「ざけんなよテメェコラ」ユルキが言う。「生きて返さねぇぞマジで」

ユルキが両手に短剣を装備。

「……話、終わってた……」イーナが言う。「……なのに、団長を斬った。クソ白髪女、絶対殺す……」

イーナも短剣を両手に構え、ジャンヌを睨《にら》み付けた。

「副長が副長の意思で抜けるのは仕方ないが」マルクスが言う。「今のは許せん。貴様、ちょっとした楽しみの感覚で団長を斬ったな？」

怒りに満ちた表情で、マルクスも短剣を抜く。

「団長斬る奴《やつ》は死ねばいい」レコが言う。「お前死ね」

大森林から戻って、短剣の携行を許可されたレコも、短剣を抜いてギュッと握る。

そんな団員たちの様子を見て、ルミアの顔が真っ青になった。

「団長さん！　団長さん！」

サルメはアスラに駆け寄った。

「平気だよ。殺す気で斬ってない……みんなも落ち着け。殺気がなかったから、反応しなかっただけだよ」

アスラは立ち上がり、傷口に【花麻酔】の花びらを貼り付けた。

一触即発。

ピリピリとした空気が心地いい。

「本当はね、たぶん私は動揺してたんだよ。ふふっ、だから反応しなかったと言うより、できなかった。ふふふ……初体験ですごく気分がいい。だから行け。構わないから行け」アスラが言う。「今度仕切り直そう。なぁに、心配はいらない。今度会ったら、ズタズタに引き裂いてあげるから。ちゃぁんと、丁寧に殺してあげるから。割と積極的に、君らを壊滅させてあげるよ」

ルミアが向こう側に付いてしまった今、怒りに任せて特攻したら全滅する危険がある。

ジャンヌ、ティナ、ルミア、それぞれ各個撃破するのが望ましい。

「ああ、今から楽しみだよ。とっても楽しみ。なぁルミア、君もそうなんだろう？　ククッ、行けよほら、私の気が変わらないうちに」

アスラはとっても楽しそうに嗤《わら》った。

アスラの言葉で、ルミアがジャンヌの手を引く。

「羽虫のくせに口だけは達者ですね、あの子」

ジャンヌは淡々と言ってから、ドラゴンに飛び乗った。

ティナとルミアもそれに続く。

◇

中央フルセンの古城。

「やっとゆっくり話せますね、姉様」

ジャンヌが言った。

ここは寝室。ジャンヌに案内されるままに、辿《たど》り着いた場所。

ジャンヌはドアを完全に閉めて、鍵をかけた。

ルミアとジャンヌは完璧に二人きり。

「そうね……」ルミアは曖昧に笑って、ベッドに腰を下ろす。「あなたが生きてたこと、本当に嬉《うれ》しいのよ?」

「はい。分かります姉様。あたくしも、姉様に会えて嬉しいです」

ジャンヌはルミアの隣に座った。

「守れなくてごめんなさい」

「いいんです。姉様は悪くないです。それでも、罰が欲しいなら……」

「違う。違うのよルミア」

「今はあたくしがジャンヌです、姉様。だから、あたくしをジャンヌ姉様と呼んでください。あたくしは、姉様のことをルミアと呼びますね」

「ええ、いいわ。そうしたいなら、そうするわ。ジャンヌ姉様。あなたの望みはなるべく叶《かな》えたい。でも、違うの」

「何が違うのですか？」

ジャンヌはキョトンとした表情で言った。

「わたしはあなたを守るわ。わたしを罰したいなら、罰も受けるわ。好きなだけそうしていいわ。でも、今度こそ守る」

「何からですか？　あたくし、強いですよ？　たぶんルミアより。あたくしに勝ちたいなら、《魔王》でも連れて来ないと無理ですよ？」

「あなた……」

「ジャンヌ姉様でしょう？　次にあなたなんて言ったら、お尻を叩《たた》きますからね？」

「……ジャンヌ姉様は、自分が何をしたか理解していないわ……。とんでもないことをしたの。本当に本当に恐ろしいことをしたのよ……」

ルミアは怯《おび》え、泣きそうになりながら言った。

「よく分かりません」

「傭兵団《月花》を敵にしてしまったのよ！」

ルミアは半狂乱で叫んだ。

「落ち着いてくださいルミア。あの人たちなら、いつでもあたくしが殺してきます。大丈夫です」

「なんてバカなことをしたの⁉　アスラはあなたと戦う気はなかった！　引き揚げる気だったのよ！　それなのに、あなたは明確に敵対してしまった！　最後の一太刀は本当に余計よ！　あれがなければ、アスラは積極的にあなたに関わらなかったわ！」

これでもう、《月花》とフルマフィは戦争状態だ。

フルマフィにやる気がなくても、《月花》側が許さない。

「なぜ泣くのですか？　あの連中が何だと言うのです？」

「あなた死ぬのよ⁉　絶対よ！　わたしが守らなきゃ、あなた死んでしまう！　せっかく生きていたのに！　せっかく会えたのに！　なんてバカをしたのよ！　どうしてわたしがあなたと来たと思ってるの⁉　アスラたちと敵対させないためよ⁉」

ジャンヌは無関係な人たちをまず殺した。

そうなると、次に殺そうとするのはルミアの仲間。

そして、アスラはジャンヌを殺す気だった。あの状況なら、たぶん、ジャンヌを殺せた。アスラ一人で、という意味ではなく、ルミアを含めた《月花》のメンバーで。

だから、ジャンヌを死なせないために、ルミアは《月花》を抜けた。

「あたくしは死にません」

「死ぬのよ！　だから守るの！」

「ルミア」

ジャンヌが酷く冷えた声を出したので、ルミアはビクッと身を竦めた。

「何回あなたって言いました？　悪い子です」

ジャンヌはルミアを自分の膝にうつ伏せに引き倒す。

「ちょっと、わたしの話を……」

ジャンヌがルミアのローブをまくって、ズボンと下着を下ろす。

「冗談でしょ？　何するのよ⁉」

抵抗するが、押さえつけられる。ジャンヌの方が力が強い。

ルミアは全裸には慣れているのだが、こういう部分的な露出には慣れていないので、かなり恥ずかしかった。

「叩くと言いました。どうしてちゃんとできないのです？」

ジャンヌが平手を叩き付ける。

平手とは思えないような痛みに、ルミアの身体が仰け反った。

何よこれ、どんな力で打ち付けてるの⁉

ジャンヌが闘気を使っているのは分かったけれど、それにしても威力が高い。

叩き慣れているのだと、ルミアはすぐに理解。

ジャンヌが手を上げた時のティナの反応は、虐待されている子の反応だった。

「ジャンヌ姉様です。ジャンヌ姉様ですよ。分かりましたか？」

更に打たれて、ルミアはあと何打耐えられるか即座に計算。

拷問訓練を受けていなければ、声を出してしまいそうなぐらい痛い。

「ジャンヌ姉様です。言ってください」

また打たれる。

まずい。ダメージが蓄積し、打たれる度に痛みが増している。

よく保って三〇打か。

「分かったわ！　ジャンヌ姉様！　ごめんなさい！　ちゃんと言うわ！　だからもう下ろして！

それから対策をしなきゃ、アスラが――」

「ダメです。最初が肝心なのです。ジャンヌ姉様の言うことを、ちゃんと聞いてくださいね？　ルミアは妹なのですから」

ルミアの尻に平手が落ちる。

「どうしてダメなの⁉　ジャンヌ姉様⁉　痛いわ！　こんなことしてる場合じゃないのよ⁉」

「関係ありません。反省してください。ルミアがちゃんとしないから、痛い思いをするのですよ？」

話が通じていない。

ルミアはアスラ式プロファイリングを用いて、ジャンヌを分析する。

ほぼ間違いなく、ジャンヌは心が壊れている。何かあったら全て他人のせいで、自分が悪いとは考えない。

そして性的サディスト。このお仕置きも、ルミアに痛みと屈辱の両方を与えるためのもの。ルミアの肉体と精神の両方を同時に攻撃しているのだ。

それと同時に、支配欲を満たしている。支配的な人間は、心の底に無力感がある。

何か、過去に自分が無力だと痛感するようなトラウマがある。それが心を壊したキッカケでもあるはず。たぶん一〇年前だ、とルミアは推測した。

ジャンヌは現実を見ていない。空想の中に生きていて、現実が空想通りでなかったらキレる。

この子、想像以上に壊れてる⁉

# 四章　一二話　打ち倒しておくれ！　私を打ち倒しておくれ！　遠い未来でいいから！　ああ、ゾクゾクする、たまらない！

「んで、これからどう動くんっすか？」

宿の部屋に戻った途端、ユルキがイライラした様子で言った。

アスラの部屋に、全員が揃《そろ》っている。アイリスもだ。

マルクスがアイリスをここまで運んだのだが、アイリスは途中で意識を取り戻した。けれど、マルクスに抱かれたまま、ただ悔しそうに表情を歪《ゆが》ませていた。

まぁ、見た感じ同じぐらいの年齢のティナに為《な》す術もなくやられたのだ。これで悔しくなかったら本当に英雄を辞めるべきだ、とアスラは思った。

「アーニアに戻る」アスラはベッドに腰掛けながら言った。「シルシィに頼んで他国のフルマフィの情報を全てもらって、支部のある国に行く」

「なるほど」マルクスが壁にもたれた。「潰しに行くわけですね？」

「ただ潰すだけじゃ芸がないよ、マルクス。私らは傭兵《ようへい》だからね。雇ってもらうのさ。フルマフィの支部を潰したがってる憲兵にさ」

「……副長……じゃなかった、ルミアは？」とイーナ。

「敵として現れたら、いつも通り、普通に殺す。特に気にする必要はない。ただ殺せばいい」

アスラはサラッと、何でもないことのように言った。

「ややキツイですね。心情的に。自分は、実を言うと副ちょ……いえ、ルミアのことがかなり好きでしたので」

「みんなそうさ。でも敵は敵だよ。ルミアが自分で選んだんだし、仕方ない」

「あの、でも」サルメが申し訳なさそうに言う。「ルミアさんは、私たちを守るために行ったんですよね？　だったら、敵対しない可能性もありますよね？」

「ないよ」アスラが肩を竦《すく》める。「あのバカ、私らを守ったんじゃなくて、ジャンヌを守ったんだよ。ぶっちゃけ、ルミアがこっち側なら、あの時ジャンヌは殺せたよ」

「……そうなんですか？」サルメが目を丸くした。「あの魔法、すごく強くて、その……」

「ああ。強いね。魔法の枠から飛び出した反則級の威力だった。でも、私らは魔法兵だよ？　通用するわけないだろう？　一度見てしまったんだから」

「そーっすね。ありゃ怖ぇけど、俺らには通じねぇよサルメ」

「……うん。あの白髪なら、殺せた……。問題は……」

「ティナの方でしょ」アイリスは床にぺったんこ座りしている。「あの子、エルナ様よりも、アクセル様よりも、ずっと強いわよ？」

「そう。その通り。残念ながら私ですらティナに勝つヴィジョンが見えない。あれほどの者が闇に潜んでいるとはね。実に面白い」

「珍しいね。団長が勝てないって言うの」

レコが少し心配そうにアスラを見た。

「ハッキリ言って、あれは無理だね。もちろん、今の私らでは、という意味さ。今後はどうか分からんよ。でも、とりあえず今は無理だね。だから懐柔しようと思う」

「懐柔、ですか？」とマルクス。

「そう。あの子、あんなに強いのにジャンヌに従っている。たぶんだが、虐待を用いた洗脳じゃないかと思う。そうであるなら、洗脳を解けば懐柔できる可能性がある。だがまだ確信がない。君らは何か分かったかね？」

「……洗脳かな？　……ジャンヌのこと、好きなようにも……見えた」

「でも虐待されています」サルメが強い口調で言う。「その好きも幻かもしれません。私も、お父さんに殴られながら、お父さんのこと好きでした。今は大嫌いですが」

「ティナは身を竦めた時、手を後ろに回したっすよね？　あれって、殴る時にそうするように躾《しつ》けたんっすかね？」

「オレは庇《かば》ったように見えたよ」レコが言う。「背中に鞭《むち》か、お尻に鞭じゃない？」

「中央では日常的な罰だ。レコが正解だろう」マルクスが言う。「もちろん、使うのは拷問用の鞭ではなく、もっと小さなものだが」

「背中はないですね」サルメが言う。「背中だったら、丈の短い服は着ません。ティナさんの服は腰が見えていました。少しめくれたら背中が見えてしまいます。傷を他人に見られるの、嫌なはずです。経験上、命令されて着ていたとしても、何かしらの工夫を施すでしょう。絶対に背中が見えないように。だから叩《たた》かれているならお尻の方です。お尻なら、スカートがめくれても下着がありますから」

「……あんたたち、本当すごい……」

アイリスが俯《うつむ》く。

自分の無力を実感しているのだ。

「……ルミアも、同じ目に遭う……？」

「だろうね」アスラが肩を竦めた。「心配かねイーナ」

「……別に。ただ、あんな白髪のクソ女に……叩かれるぐらいなら、むしろあたしが叩きたい……行かないでって、言ったのに……」

「叩けばいい。ルミアがこっちに戻ると言い出したら、みんなで泣くまで叩いてから、戻してやろう。敵のままなら、まぁ殺す前にでも好きなだけ叩けばいいさ」

「ルミアのことで質問しても？」とマルクス。

「ああ。構わないよ。もうルミアは仲間じゃないし、隠す必要もない」

「どちらが本物のジャンヌです？　どちらも同じ顔で、どちらも死の天使を使いました」

「もちろんルミアさ。かつてジャンヌ・オータン・ララを名乗っていたのは、ルミア・カナールの方だよ」

「つーことは、あの白髪はルミア・オータンっすか？」

「その通り。同じ容姿であることと、二人の会話からの推察だが、間違いないだろう」

「ねぇそれって」アイリスが言う。「姉が妹の名前を使って、妹が姉の名前を使ってたってこと？　何のために？」

「それはまたあとで説明しよう。まぁ、ルミア視点しか知らないがね」アスラがアイリスを見る。「どうするアイリス？　このこと、大英雄たちに報告するかね？　ルミアの正体」

「分かんない……」とアイリスが目を伏せた。

「そうか。まぁ好きにしたまえ。それと、これからも便宜上、あの白髪をジャンヌと呼称する。混乱するからね」

「うぃっす」とユルキ。

「……話変わるけど、副長どうする？」イーナが言う。「……マルクスがやる？」

「そうだね。今日からマルクスがうちの副長だよ」

「自分ですか？」

「嫌ならサルメにやらせるかい？」

アスラが言うと、サルメがビクッと身を竦めた。

「……それは……死ねる……」とイーナ。

「俺はマルクスでいいぜ？」ユルキが言う。「実力的にも、順当だろ？」

「オレもいいよ」レコが言う。「まぁどうしても、って言うならオレがやるけど」

「……それも死ねるから……」イーナがゲンナリして言う。「だからマルクス、お願い……」

「ふむ。では自分がやろう」

「決まりだね」アスラが言う。「頼むよ副長」

「了解しました」とマルクス。

「ねぇ……」アイリスが言う。「あのね……あたしね……全然、ダメだよね？　ずっと、いいところないよね……」

「いや、そんなことはない。大森林では十分な働きをしたと私は思っている」

「でも、あたしは今日も、誰も守れなかった……。英雄なのに……ジャンヌを止められなくて、一撃で伸びちゃって……」

「相手が悪い。仕方ない。切り替えろアイリス」アスラが淡々と言う。「君が言ったんだよ？　ティナは大英雄の二人より強いって。私らでもティナは無理なんだから、本当に仕方ないことだよ。それと、死んだ連中は運がなかったか、雑魚だったというだけで、君が気に……」

「やめてよ！　そんな言い方やめて！　あたしもっと強くなりたい！　守れるようになりたいの！」

アイリスは必死な様子で言った。

「そうは言っても、急には強くなれんだろう」とマルクス。

「分かってるわよ！　だからお願い！　あたしを魔法兵にして！　今より強くなるために！　こんなんじゃあたし、何のために英雄になったのか分かんないよ！」

アイリスはボロボロ泣いていた。

「一応、確認するけど、団員になるって意味じゃなくて、技術を学びたいって意味だよね？」

アスラが質問すると、アイリスがコクコクと頷《うなず》いた。

「では一〇〇万ドーラだよ。分割にするかね？　まぁ、私らの仕事を手伝えば、割とすぐ払えると思うけどね。今回の報酬も、ちゃんと君にも分ける」

アスラが言うと、アイリスはまたコクコクと頷いた。

アスラは笑みを零《こぼ》した。

実に素晴らしい。たまらんね。滾《たぎ》るよ。ああ、ゾクゾクする。

アイリスは本当に強いのだ。素質だけならルミア以上。かつて最強と謳《うた》われた英雄を上回っている。

その昔、私もルミアにそう言われた。

丁寧に、丹精込めて育てれば、アイリスはきっと素晴らしい存在になる。この私と同等の存在にだってなれる。

そして。

いつか、いつの日か、アイリスと戦うのだ。血みどろの殺し合いをするのだ。胸が張り裂けそうなぐらい、悲しくて楽しい戦いだ。

なるほど、とアスラは思った。

ルミア、君もこんな気持ちで私を育てたのかもしれないね。

ああ、だとしたら、その時が来たのだ。ルミアにとってのその時が。

ルミアが抜けたのはジャンヌを守るためと、
そしてアスラを打ち倒すため。あるいは、打ち倒されるため。

自分で育てたアスラ・リョナという人間と、どれほどの戦いができるのか。知りたくてたまらなかったはずだ。

ダイヤの原石がそこにあって、磨かないはずがない。磨いて、磨いて、凄《すさ》まじい労力を注ぎ込んで、磨いて、そして最後に打ち砕く。

あるいは、打ち砕かれるのか。どっちにしても心が躍る。ゾクゾクする。

ああ、やっぱり、ルミアとは殺し合ってあげなくちゃ。持てる全てを使って。

アスラがそんな危険な思想に浸っていると、誰かがドアをノックした。

続いて、エルナが入室。

「入っていいと言っていないがね、私は」

「あらー、いいじゃなーい。ちゃんとノックしたんだからー」

エルナはニコニコと笑っている。

「金は持ってきてくれたかね？　今夜は豪遊する予定なんだよ」

「うーん。それは止めた方がいいわねー」エルナが少し首を傾《かし》げた。「憲兵たちが、あなたたちを連行するってさっき言ってたわー。街中が、あなたたちを敵視してたわよー？」

「なぜだい？」

「何があったのアスラちゃん」エルナは急に真顔になった。「全て説明してちょうだいな。憲兵には、わたしが尋問すると言ってあるわ。だからここに憲兵は来ないわねー。感謝してね？」

「余計なお世話だけど、まぁいい。許してあげるよ」

「ねぇアスラちゃん、あの死体の山は何？　あれは何なの？　誰があれをやったの？　あなたたちじゃないでしょう？　ドラゴンに乗った女、って話だけれど、何者？　あなたたちはその女と話をして、ルミア・オータンが一緒に行った？　ここにいないから、きっと彼女でしょ？」

「その前に私の質問に答えてくれエルナ。なぜ私たちが敵視されている？」

「その場にいたからでしょー？　あなたたちが引き入れた、とか、そういう感じだったわねー」

「そりゃねーぜ」ユルキがヘラヘラと言う。「俺らも被害者だぜ？　団長なんか、背中斬られてんだぞ？」

「……そう。あの白髪が悪い……」イーナが肩を竦めた。「……文句は白髪に言えばいい」

「あれだけの数が死んだのよ」エルナが少し怒ったように言った。「誰だって、憎しみを向ける相手を欲しがるわ。それなのに、あなたたちはヘラヘラいつも通り。わたしでも、少し腹が立つわねー」

「喧嘩《けんか》を売りに来たのなら買うよエルナ。誰がどこで何人死のうと、私らの知ったことか」

アスラがエルナを真《ま》っ直《す》ぐに見る。

「エルナ様、本当に、みんなは悪くないのよ……」アイリスが言う。「あんな突然、何の前触れもなく虐殺が始まるなんて思わないもん。対応できないわよ。もし誰かを罰するなら、止められなかったあたしが罰を受けるから……」

「バカかね君は」アスラが言う。「共犯だと思われているなら、確実に死刑だよ。てゆーか、いい加減にしろアイリス。切り替えろ。何度も同じことを言わせないでおくれ。君は悪くない」

「とにかく、事情を説明してちょうだいな。このままじゃ、暴走する人たちが出るかもしれないわ」

「市民が憎しみに駆られて私たちを襲うと？　よろしい。望むところだ。ジャンヌと私らと、どっちが本当の悪か教えてやろう。言っておくが、敵対するなら一人たりとも生かしておかない。老人から子供まで、分け隔てなく地獄に送り届けてやる」

大人しく平和に暮らしている人に、アスラは攻撃しようとは思わない。

けれども。

傭兵団《月花《つきばな》》と敵対するなら話は別だ。

「正義の味方をやったり、悪人をやったり、自分たちは忙しいですな」

マルクスが少し笑った。

「おいマルクス。笑ってねーで副長なら団長止めろよ？」ユルキが言う。「市民皆殺しとか、俺らマジでジャンヌよりやべぇ奴《やつ》らになっちまうぞ？」

「……早くもルミアが恋しい……」イーナが溜息《ためいき》を吐いた。「……エルナも、団長煽《あお》るような発言やめて……。ルミアがいないから、本当にやりかねない……」

「煽ったつもりはないのよー？　それより、ジャンヌって？」

「おいおい。それって冗談かい？　ジャンヌって言ったら、フルマフィのゴッドで英雄の面汚しのジャンヌ・オータン・ララだろう」

アスラは今日の出来事を丁寧に説明した。

ただし、ルミアとジャンヌが本当は入れ替わっているという点については伏せた。

説明するのが面倒だったからだ。アイリスが話すならそれでもいい。

「本当にジャンヌなのね？」とエルナが念を押して聞いた。

「あたしも、【神罰】見たから間違いないわよ。あれはジャンヌよ。英雄みんなで、倒すべきよ」

アイリスはルミアの正体を伏せた。

英雄にジャンヌ討伐をさせるためだ。

アスラは少し感心した。

なんでも真《ま》っ直《す》ぐ、本当のことを言ってしまうのがアイリスだと思っていたから。

私らと付き合って、少しは狡猾《こうかつ》さを学んだようだね。

いや、変わりたいと努力を始めた結果か。

嘘《うそ》を吐くのは別に構わないけれど、とアスラは思う。

アイリスをこっち側には堕《お》とさない。

綺麗《きれい》なまま魔法兵になってもらう。

だって、そうでないと、私を打ち倒してくれないだろう？

# EX 〇三 ジャンヌ・オータン・ララの栄光　勝利への道はわたしが示す!!

「私たちは昼にはこの国を出る」

アスラが言った。

エルナはすでにこの部屋にいない。

「誤解が解けない可能性を考慮して、ですか？」

マルクスがアスラをジッと見詰める。

「そう。エルナが憲兵に事情を説明しに行ってくれたけれど、全ての住民が納得するとは限らないからね。知っての通り、私は市民でも容赦しない。敵対するなら叩《たた》き潰す」

「ま、攻撃されたらやり返すってのは基本っすよね」ユルキが笑う。「でも、相手が市民だと、俺らの評判に関わるわけで」

「……うん。依頼が入らなくなると……困る……」

「その通り。私たちの評判は、今のところ悪くないはずだからね。失敗したこともないし、余計な死体も出してない」

一瞬、ウーノとその取り巻きたちのことを思い出したけれど、アスラは忘れることにした。

あれは正当防衛だ。問題ない。

「……むしろ死体しか残らないじゃない……」

アイリスがボソッと呟《つぶや》いたが、誰も反応しなかった。

「上位の魔物も処理できる」とレコが楽しそうに言った。

「犯罪組織も潰せます」とサルメ。

「そして当然、戦争もできる」マルクスが言う。「今のところ、確かに評判はいいでしょうね」

「そう。進んで評判を落とす必要はない。それはそうと諸君。エルナもいなくなったし、出国前にルミアの話をしておこう。私の知る限り、だがね」

「実に興味深いです」マルクスが食い付く。「自分はジャンヌマニアですので。憧れの人がまさか副長……いえ、ルミアだったとは。感慨深いものがあります」

「俺も興味あるっすねー」

「……あたしも」

「私もです。ルミアさんが大虐殺を行ったというのが、ピンと来ません」

「やってないからね」アスラが笑う。「ルミアが殺したのは、処刑場にいたゴミクズどもだけさ。近隣の村々で略奪したのは、ピエトロみたいな連中さ」

「でしょうね」とマルクス。

「ルミアはやらないよねー」レコがニコニコと言う。「オレ、見る目ある方だよ。ルミアがジャンヌだって知ってたし」

「は？　お前なんで知ってんの？」とユルキが目を丸くした。

「レコはムルクスの村で【神罰】を見ている」アスラが説明する。「だから簡単にルミアとジャンヌが繋《つな》がったんだよ。アクセルが色々と話した時だろう?」

「うん」

「なるほど」マルクスが頷《うなず》く。「それであの時、【神罰】に食い付いたのか」

「あー、そっか、アレ【神罰】か」ユルキが言う。「フルマフィのアジトで、細切れの死体あったっしょ? どうやったのか実は気になってたんっすよ」

「……ルミアは、なんで内緒にしてたの……?」

イーナがコテンと首を傾《かし》げた。

「勇気がなかったんだよ。自分の正体を明かす勇気がね」

ククッとアスラが笑った。

「……あたしたち、そんなことで、ルミアを嫌ったり……しないのに……」

「だろうね。私もそう思うよ。でも、ルミアは話せなかった。怖かったのだろうね。君たちの反応が」

「心外ですね」マルクスが少し怒った風に言う。「自分たちはそんなに小さい人間ですか?」

「文句なら、次に会った時に言えばいいさ」アスラが肩を竦《すく》めた。「さぁ、ルミアの過去を話そう。愛《いと》しくもおぞましい、ルミアの歩んだ道を」

◇

ジャンヌ・オータン、一四歳、初陣。

「よぉ、嬢ちゃん、自殺用の毒か短剣はちゃんと持ったか？」

ジャンヌが所属する小隊の隊長、ニコラ・カナールが言った。

ここは戦場。

まだ開戦の合図は聞こえてこない。

敵も味方も、横一列に並んで、待機している。

お互いの距離は目測で五〇メートルほど。

「嬢ちゃんとは、わたしか？」

ジャンヌは首を傾げながら、そう言った。

「お前以外にいねぇだろうが。まったく、何が楽しくて志願なんかしたんだよ。徴兵は一六歳からだろ？」

ジャンヌの所属するユアレン王国では、女子は一六歳になったら戦場に行く。男子は一五歳から。

任期は男子一二年、女子八年と定められている。

あるいは、終戦で解放される。もちろん軍に残ってもいい。

無茶な任期だが、もう二〇年も戦争をやっているので、兵員が足りないのだ。

相手国である神聖リヨルール帝国は、全員正規の兵士。国の規模がそもそも違いすぎる。

勝ち目などほとんどない戦争。それでも二〇年も続いているのは、単純にリヨルール帝国が手を抜いているから。

兵の訓練代わりに戦争を活用しているのだ。

「祖国を救うためだ。おかしいか？」

ジャンヌは無表情で言った。

「あー、そりゃおかしい。頭がどうかしてるぜ。どうせ勝てやしないんだ。クソ、何が悲しくて独立宣言なんかしちまったかねぇ」

ニコラは二六歳の男で、黒髪。無精ヒゲを生やしている。それ以外に、身体的特徴はない。どこにでもいる、普通の青年。

「『神典』を連中が歪《ゆが》めているからだろう？」

「向こうから見たら、歪めてんのはこっちだがな」

ニコラが肩を竦めた。

ユアレン王国は、元々リヨルール帝国の属国。

しかし宗教的対立の果てに、ユアレン王国はリヨルール帝国からの独立を決めた。

「わたしらの『神典』解釈が正しい。連中は異教徒だ」

ジャンヌは真顔で言った。

中央フルセンの多くの国が、宗教を基盤としている。

その中でも重要なのが『神典』で、その解釈が違えば、相手を異教徒と呼ぶ。

「見事に洗脳されてんのな。まぁいい。自殺用の毒と短剣は？」

「なぜそれが必要なんだ？」

「だから、向こうから見たらこっちが異教徒なんだよ。異教徒には何してもいい。分かるだろ？

お前みたいな可愛《かわい》い嬢ちゃんが捕まったら、どんな目に遭うかぐらい」

「そうか。お前、見た目の割に優しいな」

ジャンヌがニコッと微笑《ほほえ》む。

「うるせぇ。見た目の割には余計だ。ま、俺の指示通りに動いてりゃ、大抵は生き残れる。いいか？

まず開戦の合図があっても、飛び出すな？　ちょっと遅れて行くんだ。最初に突っ込むと確実に死ぬ。

分かったか？」

「分かった。やっぱり優しいな。わたしを名前で呼んでいいぞ」

「ああ？」

「わたしは神の使徒だが、お前は特別にわたしを名前で呼んでいい」

「……マジで頭大丈夫か？」

ニコラは呆《あき》れたように苦笑い。

それと同時に、「突撃！」という号令。

ニコラはいつも通り、わざと遅れる。

しかし。

「バカ！　俺の話聞いてなかったのか嬢ちゃん！」

ジャンヌは先陣を切った。「突撃」の「と」の辺りですでに飛び出していた。

「クソ！　いるんだよ！　テンパって飛び出しちまうバカが！」

だがニコラは助けに行かない。自分の命と、他の小隊メンバーの命を危険に晒《さら》すことはできない。

ジャンヌは先頭を駆け抜ける。

途中、大量の矢が降ってきたが、どれもジャンヌには当たらなかった。

「嘘《うそ》だろ⁉　まるで矢が嬢ちゃんを避けたみたいに……」

ニコラは一応、ジャンヌのことは目で追っていた。自分の小隊のメンバーなので、最期ぐらいは見届けてやろうと思っていたのだ。

ジャンヌは背中のクレイモアを抜き、そして飛んだ。

着地と同時に、敵兵の首が二つ飛ぶ。

更に、ジャンヌは回転しながら周囲の敵兵を薙《な》ぎ倒す。

異様な光景。

一四歳の少女が、たった一人で、無数の敵を駆逐していく。

だが敵兵もバカじゃない。すぐにジャンヌは囲まれた。

しかし。

その囲みもジャンヌは突破した。

恐ろしい戦闘能力で、ただ突破した。

そして。

近くにいた敵を皆殺しにしたのち、ジャンヌが立ち止まって振り返る。

その顔は返り血に濡《ぬ》れていて。

ジャンヌがクレイモアを掲げる。

「わたしは神の代行者!!　『神典』を歪める異教徒どもに、神の鉄槌《てっつい》を!!　わたしに続け!!　勝利への道は見えている!!」

その声はよく通り、戦場全てに響き渡った。

誰もが、その声に一瞬だが心を奪われた。

「見よ!!　神の怒りを!!　【神――」ジャンヌがクレイモアを振り下ろす。「――罰】!」

虚空より、天使が現れる。

目が覚めるほど美しい純白の翼を翻し、光の大剣を携えた天使が降臨した。

目を奪われた。誰もが目を奪われた。

そして震えた。

ああ、本当に、神の使徒なんだ、と。

天使は高速で移動し、敵兵を次々と斬殺していく。

その戦闘能力に、誰も抵抗できなかった。

「もう一度言う!　わたしに続け!　この戦争!!　わたしが終わらせよう!!」

ジャンヌが叫び、
ユアレン王国の兵士たちが雄叫《おたけ》びを上げる。

完全に呑《の》まれた。その戦場にいた全ての人間が、一四歳の少女に呑まれた。

ニコラ・カナールも例外ではなく。

「征《い》くぞテメェら！　嬢ちゃん、いや、ジャンヌに続け‼」

剣を掲げて叫んでいた。

その場の戦闘は、ジャンヌたちの圧倒的勝利で幕を下ろした。

いくつもある戦場の一つだが、それでも勝利は数年ぶり。

誰もが歓喜し、誰もがジャンヌを讃《たた》えた。

◇

「えっと……ルミアってそんな圧倒的だったんっすか……」

ユルキが引きつった表情で言った。

「うん？　今とさほど変わらんよ？　剣の腕はあまり伸びてないからね、ルミア。もちろん、当時より今の方が強いよ。魔法兵になったんだから。当時のルミアが魔法兵だったら、終戦に三年もかからんよ」

「二〇年続いた戦争を三年で終わらせただけでも、驚異的ですがね。しかも自国の勝利で」

「おいおい。寝ぼけてるのかマルクス」アスラが小さく肩を竦めた。「私らなら、一〇日もかからんよ。アーニアを思い出せ。主戦場参戦から四日で終わらせただろうに。まぁ、正式には休戦だし、使者の都合でもう少しかかったがね」

「あんたたちが終わらせたわけじゃないでしょ？」アイリスがキョトンとして言う。「マティアスさんが死んだから終わったんでしょ？」

沈黙。

アスラは自分の発言の愚かさを悔やんだ。

アイリスにマティアス殺しを告白するところだった。

アイリスがアホでなければ、今のアスラの発言で真相に近付く。

「え？　何？　あたし変なこと言った？　マティアスさんが暗殺されたから、テルバエって引き揚げたんじゃないの？」

「まぁ、その要素が大きいのも事実だね。とはいえ、それがなくても勝っていたよ。テルバエ軍は物資の保管テントを焼かれていたし、二度と物資が届くこともなかったはず。私らが補給部隊を襲うからね。補給が完全に断たれた絶望感で、連中はすぐに戦えなくなる」

アスラは咄嗟《とっさ》に言い訳を考え、スラスラと話す。

さっきのポカは完全にウッカリだった。アイリスを仲間だと認識して喋《しゃべ》っていた。

アイリスはずっと一緒にいるし、魔法兵になると言ったし、もうアスラの中では普通に仲間のような感覚だった。

だが実際には、監視役なのだ。

「団長の言う通りだアイリス。自分たちは確実に勝っていた。マティアスの生死とは関係なく。主戦場での勝利は目前だった」

「そうそう。俺ら、アーニアでは割と人気あったろ？　活躍したってこった。つーか、依頼がテルバエ王国を滅ぼすこと、だったら、俺ら普通に国一つ滅ぼせたんじゃね？」

「……うん。あたしたちなら……できるかも？　どうやるのかは……団長任せだけど……」

「そうですね。できるような気がしますね。ちなみに、私はあの戦争が初陣でした。ユルキさんに抱き付いていただけ、ですけど」

「団長ってしっかり者みたいでウッカリさんだよね」

団員たちが次々にフォローを入れた。

レコだけは普通に軽くアスラを責めた。

「ふぅん。まぁみんなも頑張ったとは思うわよ？　別にそれは否定しないわよ。決定的だったのが、マティアスさんの暗殺だと思っただけよ。勝利が目前だったって状況、あたし知らなかったし」

「うん。よし、とりあえずルミアの話を続けよう」アスラは強引に話を変えることにした。「ルミアは初陣で勝利し、そこから連戦連勝、一五歳の時には選抜大隊を率いるようになった。《宣誓の旅団》の前身だね」

「《宣誓の旅団》は全員が一騎当千の強さだったという噂《うわさ》だが、ジャンヌの名声が高すぎて、他の者の名は地方を跨《また》いでまでは届かなかった」マルクスが補足のように言う。「まぁ、自分はある程度調べているから、主要人物だけは知っているが」

「ある程度、ね」アスラが笑う。「めちゃくちゃ調べたんだろう、本当は。ほら、主要人物を挙げてみたまえ。聞いてあげるから」

ジャンヌマニアを自称するぐらいなのだから、話したいだろうとアスラは思った。

「では」マルクスが小さく咳《せき》払いをした。「自分はそもそも、ルミアがルミア・オータンではないかと推測していた。さすがにジャンヌだとは思っていなかったが」

「それで?」とレコ。

「それと言うのも、先ほど話に出てきたニコラ・カナール。まず彼は《宣誓の旅団》の三柱の一人であり、ジャンヌが最後まで信頼していた人物とされている」

「あー、ルミア・カナール」ユルキが言う。「そっから取ったのか。ファミリーネーム」

「自分もそう予測していた」サルメが言う。さて、三柱というぐらいだから、あと二人いるわけだが……」

「あ、分かりました！」サルメが言う。「一人はゴッドハンドのミリアムですね? ルミアさんが、ミリアムは一〇年鍛錬を続けていたら英雄並みと言っていました。英雄並みになれる人間がゴロゴロいてたまるか、という話なので、一人はミリアムです」

「その通りだサルメ」マルクスが頷く。「そして残りの一人が現ジャンヌ。白髪のだ。つまり当時だと、ルミア・オータン」

「ふむ。やはりルミアとジャンヌの入れ替わりのせいで、やや混乱するね」アスラが笑う。「まぁ、《宣誓の旅団》関連の話は今回すっ飛ばすよ? あくまでルミアを中心に話す」

EX ○四

# ジャンヌ・オータン・ララの友達彼女と出会ってしまったのが、全ての始まりさ

プンティ・アルランデルは公園のベンチで空を眺めていた。

青く澄み渡った空。

「死ぬにはいい日だねー」

兵士がよく言う言葉。戦場に出る前、そう言って笑うのだ。雨の日でも、風の日でも。

戦うための覚悟のようなものだ。

まぁ、プンティは軍を辞めたので、もうあまり関係ないが。

プンティの銀髪がそよ風に揺れる。

「おう、ここだったか」

熊のような大男、アクセル・エーンルートがゆっくりと歩いて来た。

「アクセルさん。どうも」

プンティは軽く右手を上げた。

「隣、座るぜ?」

「ええ。どうぞー」

プンティが微笑《ほほえ》み、アクセルがドカッとベンチに座る。

「母ちゃんの様子はどうだ？」

「落ち着いたよー。父さんが死んだ時は、犯人見つけてぶっ殺すって荒ぶってたけどね」

「はは、あいつらしいぜ」

アクセルが肩を竦《すく》めながら笑った。

「それでー？　進展？」

「いや」アクセルが少し言いにくそうに顔を歪《ゆが》めた。「捜査は打ち切った。それを伝えとこうと思ってヨォ」

「……そっか。見つからなかったんだねー。東の英雄が総出で探して、それでも見つからなかった……そっかー」

プンティが肩を落とす。

「総出での捜査を打ち切ったっつーだけだぜ。個人的には、みんなまだ探してるぜ？　けど、手がかりもネェのに、いつまでも拘束しとくわけにはいかネェだろ？　連中にも生活があんだ」

「分かった。ありがとうアクセルさん」

「俺様はなんもしてネェ。犯人野放しだしヨォ……」

「いいよ。いつか、僕が見つけて殺すよ」

「テメェの腕じゃまず無理だな。相当狡猾《こうかつ》な奴《やつ》だぜ？」

「分かってるよ……僕は驕《おご》ってた……国内で負けナシだったから……」プンティが溜息《ためいき》を吐く。「だから父さんは、僕を英雄選抜試験に送り込んだんだねー」

「おう。聞いてたぜ。三次選考で息子の驕りをへし折っておく必要がある、ってな」

英雄選抜試験は東だと大抵、年に二回開催される。

一次選考が最も人数が多く、日程もかかる。英雄三人以上の推薦があれば、免除も可能。実力がハッキリしているなら、受ける必要はない。

プンティは免除組。父が英雄だったので、特に問題もなく免除された。

合格通知が届いた者から順に、二次選考へと進むのだが、二次選考は絶対に全員参加。

もちろんプンティも参加した。そして合格し、英雄候補となった。

「僕は英雄の器じゃないかなー？」

プンティ自身は、三次選考も合格するつもりでいた。

でも、そんなに甘いものではない。プンティの今の実力なら、まず間違いなく負ける。

マティアスは、愛する息子に普通の敗北を教えたかったのだ。今後、更に伸びるために。

「いや？　五年か六年ありゃ、なれるぜ？　見込みがなきゃ英雄候補にしネェって。つーか、二〇代前半なら、早い方だぜ？　マティアスなんて二八歳の時だったからヨォ、英雄になったの」

「そしてその翌年に、いきなり《魔王》討伐。父さんって運が悪いんだよねー」

ふふっ、っとプンティが笑った。

「でも生き残ったぜ？　二年前の《魔王》討伐もな」アクセルは遠い昔を懐かしむような口調で言った。「そんで？　テメェはこれからどうすんだ？　一応出てみるか？　三次試験」

プンティは首を振った。

三次選考は辞退することも可能だ。英雄候補であれば何度でも参加できるので、逆に出ないという選択も可能。

英雄候補には何の特権もないので、普通は開催ごとに参加するけれど。

「そうか。ま、テメェの人生だ。親父みたいに口出す気はネェけど、動向は知っときてぇな」

「傭兵《ようへい》になるよ」

「ああ⁉」アクセルが驚きの声を上げた。「テメェ、傭兵って分かってんのか？　クソ汚ネェこともすんだぞ？　テメェはアレだろ？　王道歩いてるタイプだろうが。マジで言ってんのかヨォ？」

「僕だって、傭兵なんかになりたくなかったさ。でも、綺麗《きれい》なままじゃ僕はあの人に及ばない。どうしても、勝ちたい人がいるんだよー」

プンティが曖昧に笑った。

「ルミア・カナールか？」

「そう。ルミアさん。負けたその時は、もう会いたくないって思ったんだけど、最近はずっとルミアさんのことばっか考えてる僕がいてねー」

マティアス殺しにも、ルミアは関わっていないとプンティは確信している。

だって、あの時、ルミアは本気で驚いていたから。

「……テメェ、それ、惚《ほ》れたってことか？」

「そう。元々、僕は年上が好きだしねー」

「……いや、テメェをボコボコにした相手だろ？　手も足も出なくて、プライドもズタズタにされて、テメェは生きる屍《しかばね》みたいだったって聞いたんだけどヨォ……」

「そうだよー。英雄選抜試験に出るまでもなく、僕は自分の驕りを打ち砕かれた。でも、あの人、本当に綺麗でさー」プンティが言う。「僕が思い描いていた、憧れの人とも重なったんだよねー。中央の剣術とかね。だから、その人なんじゃないかって思って、偽名か聞こうとしたら、すっごい怖い顔してた。でもその顔も、今思うと素敵だったな、って」

「憧れの人ってのは？」

「僕にとって、英雄は父さんじゃなくて、ジャンヌ・オータン・ララ」

ジャンヌの全盛期、マティアスはまだ英雄ではなかった。

「テメェ、割と鋭いじゃネェかヨォ」

「え？」

「ルミア・カナールの本名はルミア・オータン。ジャンヌの妹だぜ？　今のテメェが勝てるような相手じゃネェよ。元《宣誓の旅団》、その三柱の一人だぜ？」

「そっか」

プンティはゾクゾクした。惚れた相手は憧れの人の妹だった。

運命さえ感じる。

「で？　どこの傭兵団に入るんだ？　まさか《月花《つきばな》》じゃネェよな？」

「まさか。それもアリだけど、強くなってからルミアさんに会いたいんだよねー。だから《焔《ほのお》》に入ることにしたんだー。もう入団試験はパスしたよー」

傭兵団《焔》は、現在最大規模の傭兵団だ。

地方を跨《また》いで多くの支部があり、各地で色々な依頼を請けている。表に出せないような、汚い依頼も。

「そうかよ。まぁ頑張れや」

アクセルが立ち上がろうと腰を浮かす。

「待って。ジャンヌの話、聞かせて欲《ほ》しいなー」

「ああ？　俺様は大して知らネェよ。地方が違うからヨォ。《魔王》討伐の時だけだぜ、実際に会ったのはヨォ」言いながら、アクセルが座り直す。「けど、まぁ、そうだなぁ、中央の奴に聞いた、選抜試験の話でもするか。別に面白くはネェがな」

◇

ジャンヌ・オータン、一五歳。

英雄選抜試験、三次試験会場。決勝戦の舞台。

ジャンヌは全ての試合を一分以内で勝ち上がり、サクッと決勝戦まで進んでいた。

「いい天気だ。アーニアの茶でも飲みたいところだ」

空を眺めながら、ジャンヌは呟《つぶや》いた。

アーニアの茶は高価だが、ジャンヌは好んで買っていた。

「噂《うわさ》のジャンヌか……。間近で見ると、本当に美しいな」

対戦相手が、ジャンヌの前に立った。

「ああ。よく言われる。ところで、いい天気だと思わないか？　試合を外でやるというのは、なかなかありがたい。わたしは屋内で戦った経験が少ない」

ジャンヌは戦場を駆け回っていたので、本当に屋内での戦闘経験は少ない。

まぁ、屋内でも変わらず戦えるとは思うが、やはり外の方が慣れている。

ここは神聖リヨルール帝国軍の屋外訓練所。つまり、ジャンヌにとっては完全に敵地。だがそんなこと、ジャンヌは少しも気にしていなかった。

ちなみに、三次試験は一般の客が入る。

訓練所の周囲には、大勢の人間が詰めかけていた。

「双方、用意はいいか？」

審判をやっている中央の大英雄が言った。

「少し待ってもらおう」対戦相手が言う。「我はノエミ。見ての通り、修道女だ」

ノエミは水色の長い髪で、修道服に身を包んでいる。

服の上からでも、肉感的なのが分かる。

太っているわけではない。細身だが、出るところが出ているという意味。

年齢は二一歳。

「わたしはジャンヌだ。見ての通り、神の使徒だ。ひれ伏しても構わんぞ？」

「ひれ伏す気はないが、良かったら個人的に付き合わないか？」

「個人的に、とは？」

「茶を飲んだり、菓子を食べたり、買い物に行こうと誘っているのだ、我は」

「……修道女にしては、現代的だな」

「我は不良修道女だ。英雄になって、その立場を利用して色々やりたいことがある」

「……そうか。わたしは英雄になって、誰もわたしを殺せなくしたい。敵兵がわたしを殺せなくなれば、戦争が有利に進む」

「そんなに可愛《かわい》いのに、貴様は戦争にしか興味がないのか？」

「それがわたしの使命だ」

「ふむ。我がもっと楽しいことを教えてやろう」ノエミがジャンヌに寄って来て、耳打ちする。「気持ちいいこともな」

「？」

ジャンヌは首を傾《かし》げた。

「純粋だな、貴様は。汚したいが、まぁいい。個人的な付き合いについては考えておいてくれ。我は貴様が好きだ。永遠に貴様の心に残りたいと思うほどに」

「わたしも、少しだけお前を好きになった。お前は面白い。だが手加減はしないぞ」

「もちろん。我は貴様が倒してきた雑魚どもとは違う」

「おい、いい加減にしろ」審判が言う。「始めるぞ？」

ノエミがジャンヌから離れる。

そして試合開始の合図があり、二人が戦闘を開始。

ジャンヌは大剣、ノエミは槍《やり》。

息を吐く暇もないような激しい攻防が続く。

死闘。

まさにそれは死闘だった。後世に語り継いでもいいと、見ていた誰もが思った。

神は同じ時代に最強の二人を産みだしてしまったのだと、誰もが感じた。

しかし、実際にはノエミは二回目の試験だった。前回は決勝で敗れたのだ。

「どうした？【神罰】は使わないのか？」

「殺してはいけないというルールがある」ジャンヌが言う。「【神罰】は殺すための魔法で、使ったらお前が死んでしまう」

二人の試合は実に三〇分にも及んだ。

そして最後に、ノエミが降参して終わった。

その後、ジャンヌはノエミと個人的な交流を持つようになる。

それが凋落《ちょうらく》の始まりだと、この時のジャンヌは気付かなかった。

◇

「ノエミとはノエミ・クラピソンですか？」マルクスが言う。「中央の大英雄ですよ？　それをルミアは、【神罰】なしで打ち倒したと？」

「そのノエミだよ」アスラが普通に言う。「ま、当時のノエミは大英雄のレベルにはないだろうがね」

「……ルミア、とんでもない……」

「一〇年まともに生きてりゃ、とっくに大英雄、ってルミア言ってたんっすけど、嘘《うそ》じゃなかったってことっすねー」

「そりゃそうだろうユルキ。ジャンヌ・オータン・ララだよ？」

「でも、団長の方が強いよね？」とレコ。

「殺していいならね」

「あたし、それ良く分かんない」アイリスが言う。「アスラは強いと思う。上位の魔物一人で倒したし。でも、殺していいなら、ってよく言うけど、そんなに違うの？　強い人は殺し合いでも試合でも強いんじゃないの？」

「アイリスさん大丈夫ですか？」サルメが心配そうに言った。「試合と殺し合いって、全然違いますよ？　料理と馬術ぐらい違いますよ？」

「もっと分かり易く言ってあげるよ」アスラが少し笑った。「試合だと私は攻撃魔法が使えない。当たり所が悪ければ死ぬからね。魔法兵たる私が、魔法の一部を封じられるわけさ。それに近接戦闘術だって、相手を壊すことが前提の技術だよ？　ファイア・アンド・ムーブメントもできないしね」

戦場では容赦なく相手の急所を狙う。遮蔽物に隠れ、不意を打ち、移動しながら奇襲をしかける。

そういう基本的な戦術を、全て封じられるのが試合。

「試合だと制限が多すぎて、強さが半減しちゃう、ってこと？」

「そう。だから負けることもある。あと、私たちは基本、連携して戦う。連携することによって、単体で戦う時の何倍もの戦闘能力を発揮できる。これで分かるかね？」

「なるほど」アイリスが頷《うなず》く。「じゃあ、やっぱあたしも間違ってない。一対一の試合なら、あたしみんなに勝つ自信ある」

「そりゃ英雄なんだからそうだろう……」アスラが苦笑いした。「言っておくけど、魔法兵になったら、個人の強さにはこだわらないように」

「でも、みんな強いですよね」サルメが笑う。「なんだかんだで」

「ある一定の強さは必要さ。技術もね。だからわざわざ基礎訓練過程を用意しているんだよ、私は。君がそこに辿《たど》り着く日が楽しみだよ、サルメ」

「頑張ります」とサルメ。

「あ、魔法兵になるために、あたしはまず何を覚えればいいの？　近接戦闘術？」

「「魔法」」

アスラ、マルクス、ユルキ、イーナの声が重なった。

# EX ○五

# ジャンヌ・オータン・ララの凋落　凄まじく胸くそ悪いから気を付けたまえ

ジャンヌは一六歳で《魔王》討伐を経験し、生き残った。

その後すぐに、貴族王がわざわざジャンヌに会いに来た。これは異例のことだった。

フルセンマーク大地で、あらゆる貴族の頂点に立ち、各国の王ですら跪《ひざまず》くと言われているのが貴族王。実際にどこかの国の王というわけではない。

このフルセンマークの歴史が始まった頃から続いている貴族の血筋で、貴族号はロロ。

ジャンヌに会いに来た当主――貴族王の名はナシオ・ファリアス・ロロ。

ロロ号を名乗れるのは、唯一、ファリアス家のみ。

ファリアス家は奴隷制度のある西フルセンに住んでいる。

強大な権力と権威を持つナシオは本来、誰かに会うために出向いたりしない。

だからこそ異例。そしてナシオはジャンヌを気に入り、当代貴族号であるララをその場で授けた。

その頃にはノエミも英雄になっていて、ジャンヌはノエミと個人的な交流を続けていた。

一七歳の時に、神聖リヨルール帝国がユアレン王国の独立を認め、事実上、ユアレン王国の勝利で戦争が終わった。

ほとんどがジャンヌの功績だった。《宣誓の旅団》のあまりの強さに、リヨルール帝国側が「もはや訓練代わりもクソもない。消耗するだけだ」と早期終結に向けて動いたのだ。

その頃には、ノエミを姉のように慕っていた。

押し倒されるまで。

その日はノエミがジャンヌの家に遊びに来ていて、戦争の終結を祝って軽く飲んだ。

そしてノエミがジャンヌをベッドに押し倒すのだが、ジャンヌは戯れだと思って笑っていた。

だがキスされ、舌を入れられ、やっと貞操の危機を実感した。

ジャンヌはノエミを突き飛ばし、すぐに起き上がった。

「何をする⁉　戯れにしてはやりすぎだ！　わたしには純潔の誓いがある！　相手が女でも身体を許すことはできない！」

「くだらん」ノエミが言う。「貴様は性の喜びを知らぬまま一生を終える気か？　我に身を委ねろ。そうすれば、そのうち自分から求めるようになる」

「正気か⁉　わたしはお前のことを友人だと思っていた！　お前は違ったのか⁉」

「違う。性の対象として見ていた。我は英雄になって、何がしたかったと思う？　ハーレムを作りたかった。修道女たちを淫乱に調教してやった。だが、本当は貴様が良かった。貴様の喘《あえ》ぐ声が聞きたい。神性を汚したい。ずっとそう思って見ていた」

「……なぜそんな酷《ひど》いことを言う……」

ジャンヌは大きなショックを受けた。

慕っていたのだ。ノエミのこと、本当に慕っていたのに。

「その顔が見たかったからだ」ノエミが笑う。「神聖なるジャンヌ。英雄のジャンヌ。神の使徒のジャンヌ。貴様のその、愕然《がくぜん》とした表情が見たかった。だから、貴様が我を慕うまでゆっくりと時間をかけた。次は快楽に溺れる表情を見せてくれ。心配するな。最初は優しくしてやろう」

「ふざけるな！　わたしがそれを許すとでも⁉」

「許さなければ、貴様は後悔する。我は根っから腐っている。自分でそれを知っている」

「帰れ！　もう帰れ！　そして二度と来るな！　貴様は不浄だ！」

ジャンヌが叫ぶ。怒りと失望と悲しみ。

「帰ってもいいが、どの道、貴様は我に屈服する。今なら、優しくしてやる。だが、今でないのなら……」

「消えろ！　二度とわたしの前に現れるな！」

「ふふっ、素晴らしい。それでもいいんだジャンヌ。我はどっちでも良かった。ああ、その日が楽しみだ」

ノエミは楽しそうに笑いながら、ジャンヌの家を出た。

ジャンヌはベッドに倒れ込んで、枕に顔を押しつけ、声を出さずに少し泣いた。

◇

「ノエミってそんなクズなんっすか？」

ユルキが苦笑いした。

「ルミアの話ではね」アスラが肩を竦《すく》めた。「正直、ノエミの思考が私にもよく分からんよ」

「オレ分かるよ」レコが言う。「団長大好きだから、団長をえっちにしたい。できないなら、団長をいじめたい。そういうことじゃない？」

「……好きな子をいじめたい的なアレかね？」アスラが苦笑い。「それより君、将来、私に変なことするなよ？　普通にウッカリ殺しちゃうよ？」

「理解できないんだけど？」アイリスが首を傾《かし》げた。「えっちにしたいのと、いじめたいのって、イコールじゃないでしょ？」

「……なんで？」イーナが言う。「いじめると……気持ちいい……」

「ノエミは性的サディストですか？」とマルクス。

「違うね。もしそうなら、酔ったルミアを縛り上げて無理やり乱暴に犯すだろう。合意を得ようとしたのだから、性的サディストではないよ」

「でも、歪《ゆが》んでますよね？」サルメが怒ったように言う。「合意を得られないなら、何か報復するという意味ですよね？」

「そうだね。続けよう」

◇

そしてしばらく平穏な日々が流れ、ジャンヌは一八歳になった。

その翌日に、ユアレン王国の第二王子がジャンヌにプロポーズし、ジャンヌがそれを受けた。

しばらくお祭り騒ぎになって、国が湧いた。

そしてある日、ジャンヌの家に憲兵たちが押しかけた。

「殺人容疑がかかっている。一緒に来てもらおう」

憲兵はそう言った。

ジャンヌは怒ったが、結局は一緒に行くことにした。

ジャンヌは誰も殺していなかったし、すぐに疑いは晴れるだろうと思ったのだ。

ジャンヌは自国の憲兵をまったく疑っていなかった。

しかし。

その時はまだ国民に伏せられていたが、殺されたのは第二王子と現王だった。

よって、尋問は過酷の一言に尽きた。

疑いは晴れることなく、何日も薄暗い牢屋《ろうや》で尋問を受け、ジャンヌは疲れ果てた。

わずかな水を与えられただけで、まともな食事すら与えられなかった。

そんな時、第一王子がジャンヌの牢《ろう》に入ってきた。

ジャンヌは挨拶をする気力もなかった。

「見る影もないな。神性もほとんど感じん」第一王子がジャンヌを鼻で笑った。「余の父と弟を殺したのだろう？　素直に吐けば、比較的、軽い拷問と処刑で許そう。お前のこれまでの功績を考えての、譲歩である」

「……わたしは、殺してなどいない……」

「だが目撃情報がある。動機は分からんが、お前が殺したのだよジャンヌ。いつまでも国民に王の死を伏せることもできん。だが殺人となれば、犯人が必要だ」

「……何度、言わせる？　わたしはやってない……。なぜ婚約者とその父を殺す？」

「ふむ。ではルミアの方か。お前たちの容姿は双子と見間違うほどに似ている」

「バカを……言うな……ルミアがそんなこと……」

「ではルミアを拷問にかけよう」

第一王子は淡々と言った。

「なぜだ⁉　ルミアではない‼　ルミアがそんなことをするはずがない‼」

「殺人者はみな、そう言う。だが拷問すれば、大抵は吐く」

「やめてくれ……。なぜそんなことになる……。これは何の茶番なんだ……」

「お前か、ルミアか、どちらかだ。分かるかジャンヌよ。どちらかなのだ」

ニタリと笑う第一王子は、酷く醜悪だった。

その表情を見て、ジャンヌは気付く。ああ、わたしはハメられたのだ、と。

何がなんでも、わたしに罪をなすり付けるつもりなのだ。

「分からない……。なぜだ？　なぜわたしを苦しめる？　わたしはこの国を勝利に導いた……。なぜこんな扱いを受ける？」

「後悔すると言っただろう？」

いつの間にか、牢の前にノエミが立っていた。

「貴様は我に屈服する、とも言ったはずだ」

「謀ったのか……？　お前が……」ジャンヌがノエミを睨《にら》む。「【神――】」

「ルミアが死ぬぞ？」ノエミがニヤニヤと笑った。「すでにルミアはこちらの手の中だ。なぁ第一王子殿」

「うむ。ジャンヌよ、考えてもみよ。お前は第一王子たる余を差し置いて、第二王子のプロポーズを受けた。ふざけているのか？　お前のせいで、父も国民も、余ではなく第二王子を次の王にすると言った。余の屈辱が分かるか？」

「……あなたが、殺したのか……？」

ジャンヌの声が微かに震えた。

「だが裁かれるのはお前かルミアのどちらかだ。選ばせてやろう。どちらだ？」

「ふざけるな……殺すぞ……お前ら……」

ジャンヌは拳を握り、唇を噛《か》んだ。

「やってみろ」ノエミが言う。「だがルミアは酷い目に遭う。それはもう、想像を絶する地獄を味わうだろう。確実に心が壊れるほどの拷問を用意している。殺してくれと哀願するかもしれないな。どうする？」

「クズが……お前たちはクズだ……心底、クズだ……」

「すでに貴様の有罪の証拠を大英雄に提出している。すぐに英雄の称号は剝奪《はくだつ》される。どうせ貴様はルミアを助け、自分が罪をかぶる」ノエミは勝ち誇ったような表情で言う。「ちなみに、貴族王は当てにするな？　すでにララ号の剝奪要請を出している。もちろん、十分な証拠とともにな」

「……ルミアの安全を、保証するのか……？」

「しよう」ノエミが言う。「我の興味は貴様だ。妹の方ではない。安全に国外に出してやろう」

「……信じられない……」

「だが信じるしかあるまい」第一王子が言う。「ユアレン王国の新国王として、約束しよう。ルミアは助ける。死ぬのはお前だけだ」

「……分かった。好きにしろ……」

ジャンヌは折れた。他に方法がないのだ。ルミアがどこにいるのかも、分からない。

逆らえば、確実にルミアは殺される。

「違うだろう？」ノエミが言う。「わたしが殺しました、だ。神の使徒などと名乗って申し訳ありません、わたしはただの人殺しです、だろう？」

「わたしが……」

「頭が高い!!」第一王子が言う。「床に伏せろ!!」

ジャンヌは言われた通り、床に伏せた。

「わたしが殺しました。神の使徒を名乗って申し訳ありません。わたしはただの人殺しです」

この瞬間に、ジャンヌに残っていたわずかな神性が完全に消失した。

「くははっ！　これがあのジャンヌか！」第一王子が、ジャンヌの頭を踏みつける。「余を差し置いて弟と婚約などするからだ‼　思い知れクソが‼」

「ああ、ゾクゾクする」ノエミが恍惚《こうこつ》とした声で言う。「貴様の屈服した姿、本当にゾクゾクする」

◇

「酷すぎませんか？」

マルクスが言った。

「クソみたいな連中が、クソみたいな理由でルミアを嵌《は》めたってことかよ……クソ、今からユアレン王国潰しに行きてぇ」

「ユルキ、もう滅んでいるよ。続けよう」

◇

ジャンヌは全裸に剝かれ、木製の手枷《てかせ》をはめられ、街の中を引き回されていた。

手枷に鎖が付いていて、それを馬に乗った第一王子が自ら引いていた。

やがて、誰かが石を投げつけた。それは第一王子の仕込みなのだが、それに呼応するように、みんなが石を投げた。

祖国を独立に導いたジャンヌに罵声を浴びせた。
ジャンヌはぼんやりとしていた。
こんなクズどものために、
与えられた架空の事実に踊らされるような連中のために、わたしは戦ったのか。
そんなふうに思った。
ジャンヌは真《ま》っ直《す》ぐ前を見ていたけれど、もう何もかもがどうでも良かった。
もう心は折れた。どうでもいい。
飛んでくる石は痛いけれど、どうせ死ねば終わる。
なぜ戦ったのだろう？
なぜわたしは、戦ったのだろう？
疑問。
答えは見つからない。
やがて拷問の舞台に辿《たど》り着く。
少し高い木製の舞台。そこに上がり、手枷の鎖で軽く吊《つ》られる。
ジャンヌは背伸びをしているような状態。
大きな鞭《むち》を持った拷問官が、舞台に上がる。
拷問官は体型が分からないように大きなゆったりとした服を着ている。
顔が分からないように、かぶり物をしている。

職業柄、拷問官は嫌われる。だから身元が分からないようにしているのだ。

「楽しもう、ジャンヌ」

ノエミの声だった。

ジャンヌは何も言わなかった。

ノエミの鞭が、ジャンヌの背に炸裂《さくれつ》。強烈な痛みに、ジャンヌは悲鳴を上げそうになった。

けれど。ノエミを楽しませたくはない。だから耐えた。

二打目も耐えた。

だが三打目で失禁。観客がジャンヌを罵倒する。だがジャンヌには聞こえていない。あまりの痛みに、意識が飛びそうになっていた。

四打目は本当に危なかった。一瞬視界が真っ白になって、死ぬのかと思った。むしろ死ねた方が良かったのかもしれないが。

ノエミが寄って来て、ジャンヌの身体をチェックする。

「足を開け」ノエミが言う。「本来なら、我の指や舌が、優しく撫《な》でただろうな」

ノエミがどこを打つつもりか分かった時、ジャンヌは絶望した。

「……やめて……もう止めてください……お願いします……」

哀願した。

恐ろしくてたまらなかった。

「その哀願は、我だけの胸に留《とど》めよう。我と貴様の、大切な思い出だ。時々、思い出そう」

「……お願いです……許してください……」

恥も外聞もない。とにかく怖かった。

ガタガタと身体が震える。

「《宣誓の旅団》のメンバーが、死んでもいいのか？　連中がなぜ、誰も救いに来ないと思う？　上の方の連中は逮捕させたんだ。戦争犯罪でな。まぁ、何人かは逃げたが。どうするジャンヌ？　許してもいいが、彼らは死刑にする。だが貴様が足を開けば、解放しよう」

選択の余地はなかった。

ジャンヌが足を開く。もう親指だけで立っているような状態。

「それでいい」

ノエミが離れ、すくい上げるように鞭を振った。

幸いだったのは、ジャンヌの意識が一瞬でぶっ飛んだこと。

脳が意識を保つことを拒否したのだ。

EX 〇六

# ジャンヌ・オータン・ララの終幕
## もはや誰でもないのなら……

「……ノエミ殺す……ノエミ殺す……ノエミ殺す」

怒りに満ちた声で、イーナが言った。

「今から行ってもいいっすよ、俺は」

ユルキもキレていた。

「相手は大英雄だよ？」アスラが言う。「それにルミアはもう裏切り者で、仲間じゃない」

「それでも、自分はノエミを殺したいですね」

「私もです。できれば、ルミアさんと同じ屈辱と痛みを与えてから殺したいです」

「オレも。ノエミにルミアと同じことしてやりたい」

「……大英雄様が……そんな酷《ひど》いこと……」

アイリスは信じられない、というふうに言った。

「ま、どこかで会う機会があれば、殺してもいいよ」アスラが言う。「その時考えよう。続けるよ？」

◇

次に目が覚めた時、ジャンヌは十字架に縛り付けられていた。

「最期まで見届けたかったんだが、招集がかかってな」ノエミがジャンヌを見上げて言う。「最上位の魔物が出た。我は行かねばならん。残念だが、貴様の哀願が聞けただけでも、良しとしよう」

そしてノエミが立ち去る。

しばらくの間、ジャンヌはさらし者にされた。

「言い残すことはあるか？」

第一王子が槍《やり》を手に言った。

最初の一突きは自分の手で、ということ。

ジャンヌは何も言わなかった。

言うべきことはない。早く死にたい。痛くて泣きそうなのだ。

「ふむ。ではこれより、余の父と弟を殺害した極悪人を処刑する！」

ジャンヌは何の反応も見せなかった。

第一王子には、それが面白くない。

だから、言った。言ってしまった。ジャンヌを苦しめたくて、絶対に言ってはいけなかったことを。

「良かったなジャンヌ、これで妹に会えるぞ！」

その言葉。その言葉が、ジャンヌを引き戻した。

世界に引き戻した。もう全てを諦めていたジャンヌを引き戻してしまった。

「何を……言っている……？　ルミアは助けてくれるって……」

声が震えた。

「お前の妹など、生かしておくものか！」『そうだ裏切り者！」

「お前の旅団もみんな死ぬべきだ！」『王を殺しやがって！」

罵声が飛ぶ。どいつもこいつもが、ジャンヌを罵倒した。

血液が沸騰するような激烈な怒りが、ジャンヌの中を駆け巡った。

痛みも何もかもが吹っ飛んだ。

このクズは、約束すら果たさなかった。

このクズどもは、真実を見ようともしない。

ジャンヌは絶叫した。言葉にすらなっていない。まるで獣の咆哮《ほうこう》だった。

誰もが啞然《あぜん》とし、固まった。

「呪ってやる‼　わたしは貴様らを呪ってやる‼　死ね‼　死んでしまえ‼　貴様らみんな死ね‼

死んで詫《わ》びろ‼　あの世でルミアに詫びろ‼　【神罰】‼」

身体はボロボロでも、魔力は十分。

死を運ぶ天使が降臨し、集まっていた人間たちを斬り伏せる。

「【神罰】‼」

新たな天使が光の剣を振り回す。

首が飛び、肉が飛び、血が飛んだ。

容赦もない。慈悲もない。ただただ無惨な死体だけが山となる。

「クズどもが‼　クズどもが‼　クズどもがっぁぁぁぁあ‼　【神‼　罰‼】」

三体目の天使は、まず十字架を切り刻み、ジャンヌを解放した。

ジャンヌは傷付いた身体で、近くの憲兵の死体から剣を奪った。

「やめ……ジャン……待て……余は……」

第一王子はその場で腰を抜かしていた。

「黙れ。死ね」

ジャンヌは第一王子の首を刎《は》ねた。

それから、第一王子のマントを剝ぎ取って自分で羽織った。

「いつか滅ぼしに戻る……。わたしはこの国を完全に滅ぼしてやる……」

ジャンヌが呟《つぶや》いた時、周囲に生きている人間はいなかった。

死体の山と血の臭いだけ。死の天使たちは斬殺する対象がいなくなった時に消えた。

この場には、ジャンヌだけ。

ジャンヌは剣を引きずりながら、東へと向かった。

意識して東に向かったわけではない。

とにかく、一度この場を離れたかった。

身体を癒やし、力を蓄え、必ず壊しに戻ると誓った。

何日も歩き、ジャンヌは空腹で倒れそうになった。

そんな時、燃えている村を見つけた。

ジャンヌは知らなかったが、各国の軍がジャンヌ探しを口実に各地で無法を働いていた。

村が燃えているのも、略奪の名残だ。

何か食べ物が残っていれば、と思ってジャンヌは村に向かった。

村に入った瞬間に、歌が聞こえた。

知らない歌。

けれど綺麗《きれい》な旋律で、まだ幼い無垢《むく》な歌声。

ジャンヌは釣られた。いつの間にか、歌の方へと歩いていた。

村の中央広場で、銀髪の幼女が歌っていた。

死体に囲まれて、一人で歌っていた。

その姿が、その光景が、酷く美しく見えた。

ジャンヌは幼女と言葉を交わした。

そして幼女が問いかける。

「私はアスラ・リョナ。君は？」

わたしは。

わたしは何者でもない。

もはや、わたしは誰でもない。

ならば。

「ルミア」

せめて妹の名を名乗ろう。

守れなかった者の名を。

大好きだった者の名を。

呼ばれる度に、彼女を思い出せるように。

◇

「えぐっ……なんで、アスラもルミアも……そんな酷い目に遭ってんのよぉ……」

アイリスが泣いていた。

「とはいえ、ルミアの場合は回避する手段もあった」アスラが言う。「私なら、地下牢の時点でノエミを殺し、第一王子を脅して妹の居場所を吐かせる。早々に諦めすぎなんだよ」

「いや、団長、当時のルミアは魔法兵じゃねぇっすよ。ぶっちゃけ仕方ないというか、俺も魔法兵じゃない頃なら、諦めるっす。イーナを盾に同じことされたらって話っす」

「ふむ。まぁ、これでルミアの話は終わりだよ。だいぶ大ざっぱだが、なぜ妹の名を名乗っていたか分かっただろう？　何か質問があれば答えよう」

アスラがみんなの顔を見回す。

「あの」サルメが小さく右手を挙げた。「ユアレン王国は滅びた、って団長さん言ってましたけど、それってルミアさんが滅ぼしたんですか？」

「いや違うよ」アスラが肩を竦めた。「王族みんな死んだんだから、そりゃ滅ぶ。あっと言う間に領土を切り取られて、消えてしまったよ。抵抗する戦力もないしね。自分たちで守りの要である《宣誓の旅団》を解体してしまったんだからね」

「仮に王族がみんな死んでいても」マルクスが言う。「ジャンヌと旅団さえ残っていれば、誰もユアレンを攻めようなどとは思わなかった。皮肉なものだ」

「旅団って確か、三〇〇人以上だよね？」レコが言う。「それで、三柱がいたってことは、一〇〇人連隊が三つだったってこと？　多くない？」

「そりゃ多いさ。ユアレン王国の戦力の三割が《宣誓の旅団》なんだからね」アスラが言う。「正直、《宣誓の旅団》が強かったのは上の方が強かったからで、下っ端に至ると別に普通の兵士だよ。ジャンヌが最初に選抜した大隊の時のメンバーが強かった」

「……全員が一騎当千……じゃなかったっけ？」

イーナが首を傾《かし》げた。

「という噂《うわさ》」アスラが少し笑った。「噂には尾ひれが付くものだよ。まぁ、ルミアや三柱の指揮が良かったから、本来の実力以上に強かったのは事実だろうがね」

「……なんで、酷いことばっか……起こってんのよぉ……」アイリスが言った。「間違ってる……間違ってるわよそんなの……」

「おいアイリス。頼むから闇落ちだけは止めておくれよ」アスラが苦笑いした。「正直、小さい国が乱立している戦国時代なんだから、ある程度、酷い目に遭う人間がいるのは仕方ない。でも全員というわけじゃない」

「その通りだ。自分は特に酷い目に遭っていない。精々、騎士時代に飛ばされたぐらいだ」

「おう。俺も孤児で虐められたっつーだけで、団長やルミア並みにキツイ過去は持ってねー」

「あたしも……ユルキ兄に会ってからは……別に普通だったし……。団長に会うまでは……。むしろ団長に会ったのが……人生最大の不幸……」

「それな」とユルキが笑った。

「私も虐待されたり、娼館《しょうかん》に売られたりと色々ありましたが、ルミアさんや団長さんに比べるとそこまで酷くはないのかも、と思いました」

「オレも、魔物に家族皆殺しにされて、村を焼き払われただけ」

「いや、お前は団長並みにヒデェよレコ」ユルキが苦笑い。「まぁ不幸ランキングなんか意味ねーけどな」

「まったくだね」アスラが肩を竦めた。「とりあえず、旅立つ準備をしようか。私たちはこれから、フルマフィを狩る。となると、いずれはゴッドハンドのミリアムともやり合うだろう。英雄並みの奴《やつ》とね」

「ミリアム以外にも気を付けるべき相手が二人いるはず」マルクスが言う。「中央と、西のゴッドハンドだ。《宣誓の旅団》関係者かもしれないし、ただの犯罪者かもしれないが、まぁ油断はできん。ミリアムとそう変わらない実力と見ていいだろう」

「更にそれが済んだら、ティナとルミアかー」ユルキが遠くを見る。「まぁまぁキツイぜ、ジャンヌに辿り着くまでがよぉ」

「積極的に狩るが、焦る必要はないよ。間で別の依頼を請けたって構わないし。ほら、アイリスは涙を拭きたまえ」

アスラが言うと、アイリスはグシグシと右腕で目を擦った。

「白髪のジャンヌは、きっと凄《すさ》まじい地獄を見たのだろうね。ノエミの用意した拷問、あれはきっと遂行されたのだろう。どうやって生き延び、どうやって今まで生きていたのか、そして何を考えてジャンヌを名乗っているのか知らないけれど、ジャンヌ・オータン・ララなんて、とっくの昔に終わってるんだよ」アスラが言う。「幕が下りたことに気付いていないだけさ。言うなれば、過去の亡霊に過ぎない。今を生きる私らの敵じゃない。さぁ、準備を始めろ」

アスラが両手を叩《たた》き、団員たちが荷物をまとめるためにそれぞれの部屋へと向かった。

五章　一話

# 団長を拉致したらどうなるか？　不幸になる、犯人が

アスラたちは予定通りにコトポリ王国を出た。

コトポリ王国では、ジャンヌによる市民の虐殺が行われた。

それを止めるためと、アスラたちにも牙を剝こうとしたジャンヌを救うため、ルミアが去った。

ジャンヌの目的は生き別れた姉妹であるルミアの確保だったので、ルミアがジャンヌと行くことで色々と丸く収まった。

あくまでジャンヌ側の視点では、全てが終わった。

しかし《月花《つきばな》》側は違う。

ジャンヌが遊び半分でアスラを斬り付けたので、報復戦争を始めるつもりでいる。

ちなみに、《月花》の目的地はアーニアだが、現在アスラたちがいるのはコトポリ王国の北に位置する国。

要するに、まだコトポリ王国の隣国だ。

そこの城下町で、アスラたちはやっぱり豪遊していた。

ただし、今日は娼婦《しょうふ》を呼んでいない。身内だけで楽しむ日も必要だ。

「飲みなよエルナ！　美味《おい》しいよ！　もっと飲みなよ！」

アスラは酔っ払っていた。

酒場には《月花》のメンバーとアイリス、エルナも一緒だった。

「アスラちゃん、そんなに飲んで平気なのー?」

エルナが心配そうに言った。

「やっと吐かずに飲めたんだよ⁉ 嬉《うれ》しいよ私は! ははっ! みんな楽しんでるかい⁉」

今までのアスラは、酒を飲むとすぐに吐いていた。

身体が受け付けなかったのだが、今日は吐き気がしなかったので、嬉しくなってグイグイ飲んだ。

「うるせぇガキだなおい」

アスラたちの席に、三人の男が寄って来た。

全員革の鎧《よろい》を装備していて、剣を腰に差している。

見たところ、兵士ではなく傭兵《ようへい》のような雰囲気。

「消えろ」マルクスが言った。「死にたいか?」

「ああ? てめぇこら、オレら誰か知ってて言ってんのか?」

革の鎧を赤く染めている男がマルクスを睨《にら》んだ。

「知らない」レコが言う。「バカってこと以外知らない」

「バカで粗暴です」サルメが言う。「こういう人たちのこと、クズって言うんですよ、レコ」

「オレらは傭兵団《焔《ほのお》》だぞコラ」

「へぇ。そりゃすげぇ」ユルキが言う。「現状、最大規模の傭兵団じゃねーか。俺らなんて木っ端だぜ?

《焔》に比べりゃな」

傭兵団《焔》は各地方に大小様々な支部があり、フルセンマーク大地全体で活動している。

「なんだ、同業者か？　とりあえず、その銀髪のガキ黙らせろや？　うるせーんだよ。迷惑だって言ってんだ。オレが間違ってんのか？　ああ？　いきなりバカだのクズだの言いやがって。酒場で盛り上がるのはしゃーねぇ。けど、その銀髪ちゃんはやかましすぎんだよ」

予約をしていなかったので、アスラたちは酒場を貸し切れなかったのだ。

よって、今日は他の客も大勢いた。

「私のせいか!?　私のせいなのか!?」アスラが楽しそうに叫ぶ。「ははは！　奢《おご》ってあげるから君らも一緒に飲むかい!?」

「そうじゃねー。声を落とせって言ってんだ。大人の言うことは聞くもんだぜ。迷惑がってんのはオレらだけじゃねぇ。みんな思ってるけど、テメェらちっとヤバそうな雰囲気してっから、何も言えねぇってこった。オレらは腕に自信あるからよぉ、こうして注意してんだ」

割と常識人だった。

「ごめんなさい」サルメが素直に謝った。「すみません。いきなり暴言を吐いてしまって。絡まれたのだと思って……つい」

「自分もすまなかった。声を落とすことにする。手間をかけた」

マルクスも謝った。

「いや、分かってくれりゃいいんだ。マジで頼むぜ。オレらはもう出るけど、今夜は客が多いからな」

傭兵団《焔》を名乗った三人組がそのまま会計を済ませて店を出た。

「……団長、貸し切りじゃないし、ちょっと静かに……」イーナが言った。「って、団長が気分悪そうにしてる……」

「悪いが……ちょっと吐いてくる……」

アスラはフラフラと立ち上がる。

「あたし、一緒に行こうか?」とアイリス。

「子守りはいらないよ……。一人で吐ける。それとも、私の喉に指でも突っ込んでくれるかね? 当然ゲロまみれになるがね……」

アスラはフラフラと酒場の外に出た。

そして店の裏手に回って、そこでしこたま吐いた。

「クソッ……やっぱり無理なのかな……? それとも、単に飲み過ぎたかねぇ……」

口元を拭うが、またすぐに吐きたくなって、片手を壁に突いてから吐いた。

ちょうど吐いている時に、人の気配を感じる。

「子守りは……いらないって言ったはずだよアイリス……それとも何かね? 私のゲロ姿が好きかね……?」

言いながら、振り返った瞬間に腹部を酷《ひど》く殴られた。

胃の中に残っていた物が逆流して、アスラはまた吐いた。

そして、頭部を殴打される。

ああ、チクショウ、私としたことが……。
誰が近付いたのかちゃんと識別できなかった。
敵意を汲《く》み取れなかった。
酷い失態だ。
「ち、まだ気絶しねーのかこのガキは」
男の声が聞こえて、
再び頭部に痛み。
アスラの意識がぶっ飛んだ。

◇

「ちょっとアスラちゃん遅くなーい？　倒れてるとかないかしらー？」

いつまでもアスラが戻らないので、エルナが心配そうに言った。

エルナの頰は紅潮している。ワインを何杯か飲んだからだ。

「ありえるな」ユルキが言う。「団長、マジで酒弱いからな。無理に飲み過ぎだぜ。なんだかんだ、ルミアいなくなったのショックなんじゃねぇの？」

アスラにとって、本当の意味での家族はルミアだけだった。

それがあんなふうに、あっさり妹の方に行ってしまったのだ。

自分なら寝込むほどのショックだな、とマルクスは思った。

「やっぱりあたし見てくる！」

アイリスが立ち上がり、駆け足で外に出る。

「酔った団長って可愛《かわい》いね」レコが言う。「興奮する」

「え？」とエルナ。

「こいつは団長フェチなんだよ」ユルキが説明する。「相手が団長ならだいたい何でも興奮すんだよ。叩《たた》かれても興奮すんだぜ？　笑えるだろ？」

「オレ、ビンタされた時、ビーンってなった。興奮した」

「な？」とユルキ。

「……あたしだと興奮しないって言うから……なんかムカック」

「だってイーナはイーナだし」とレコ。

「レコって本当に面白いですね」とサルメが笑う。

「自分はレコの将来が実に心配だ」マルクスが苦笑い。「特に、相手が団長だというのが心配だ。趣味が悪すぎる」

「……変わってるわねー」

エルナも苦笑いした。

「そういやさ、エルナはなんで俺ら追ってきたんだ？」

エルナは事情を聞いたあと、報酬を置いてすぐに憲兵のところに行った。

それから、《月花》を追ってここまで来たのだ。

何のために追ってきたのかはまだ聞いていない。

「豪遊するって言ってたじゃなーい？　わたしも好きなのよー」

「マジかよ。それ信じねーぞ俺は」

「ふふ。用があるのはアスラちゃんだけよー。別に急いでないから、明日でもいいの」

「ジャンヌはどうする？　動くんだろう？」

マルクスが真面目に聞いた。

「ええ。わたしがアクセルに報告して、アクセルが緊急で大英雄会議を開くでしょうねー。各地方から、代表の大英雄を一人ずつ集めて、会議するのよー。わたし嫌いなのよー。だからいつもアクセルに任せてるわー」

「なるほど。良ければだが、自分たちとも情報を共有しないか？　こちらもフルマフィ壊滅に動くつもりだ」

「あら？　いいのー？」

「構わん。自分は副長だ。任務達成のために最善だと思って言っている」

「じゃあ共闘関係ねー」

エルナがニコニコと笑った。

「ねぇ！　大変！」アイリスがすごい勢いで走って来た。「アスラいないの！　なんか、ゲロに混じって血があったの！　何かあったと思う！」

「ユルキ、イーナ、行け」

「うい」

「……あい」

マルクスの命令で、ユルキとイーナが即座に外へと走り出る。

「可能性を洗うぞ。レコ」

「可愛いから拉致された」

「なくはないな。サルメ」

「ジャンヌの手下でしょうか?」

「それはない。連中はこっちを気にしていない様子だった。アイリス」

「えっと、えっと、暴漢に襲われて、連れ去られた?」

「レコと同じことを言うな。エルナ」

「わたしにも聞くのー?」

「外の意見も必要だ。思い当たることはないか?」

「コトポリの人間……というのは飛躍かしらー?」

「なくはないが……可能性は低いのでは? エルナが憲兵に説明したのだろう?」

コトポリ王国では、傭兵団《月花》がジャンヌを引き入れたという根も葉もない噂《うわさ》が飛び交っていた。

多くの人間がジャンヌに殺されたので、市民たちは殺気立っていて、罰する対象を求めていたのだ。

まぁ、それでも《月花》は堂々と国を出た。コソコソ出たりはしなかった。

私らに非はない。襲われたら容赦なくやり返せ。

それがアスラの言葉。

「そうねー。わたしがちゃんと説明したわー」

エルナが説明したのは、《月花》もジャンヌの被害者であること。

「あの、さっきの人たち、《焔》の人たちはどうです？　今、もういませんし、さっきの会話はこっちを探ったのでは？」

「大いに有り得る」マルクスが言う。「傭兵なら、仕事を請けてうちの団長を拉致した可能性が高いな。酔っ払って吐いている最中の団長なら、拉致されても不思議ではない」

「でも、ジャンヌたちじゃないなら、誰がアスラの拉致なんて頼むのよ？」

アイリスが目を細めた。

「現時点では不明だ。拉致ではなく、突発的な殺人の可能性もある。団長の死体を埋めるために運んだ、という可能性だ」

「もしくは」レコが言う。「団長が酔ったままフラフラどっか行っちゃったか」

「それも有り得ますね」サルメが頷《うなず》く。「どちらにしても、みんなで周辺を捜索した方がいいのでは？」

「ユルキとイーナの現場検証が終わってから、次の動きを考える。とりあえず飯を食え」

マルクスが冷静に言って、レコとサルメは食事に戻った。

その様子に、エルナが酷く驚いていた。

「……えっと、アスラちゃんが、もしかしたら拉致されたかもしれないのよねー？」

「そうだが？」

マルクスも肉料理に手を伸ばした。

「……焦らないのかしらー？」

「なぜ焦る？」マルクスが言う。「拉致と確定したわけでもない。仮に拉致だとして、拉致した相手の心配など不要だろう」

「そうそう」レコが言う。「団長を攫《さら》ったのが運の尽き」

「そうですよね」サルメが笑う。「ちょっと同情します。もし本当に拉致なら、ですけど」

「えーっと、わたし、ちょっと混乱してるのよー？」

「エルナ様。アスラの心配なんて誰もしてないの。だってアスラよ？　攫っちゃった人が本当に心から可哀想だってあたし思うもん」

「そ、そうなのねー……」

エルナは苦笑いを浮かべた。

それから、エルナも気を取り直してワインを口にした。

しばらく平和に食事を続けると、ユルキとイーナが戻ってきた。

「複数の足跡。団長以外に三人だな」

「……あの出血量なら、団長は死んでない……」

「けど、気絶した可能性が高いぜ」

「……一人が団長を、担いで……移動したみたい」

「立ち去った時の足跡が、ちっと深かったからだ」

「拉致で確定だな」とマルクス。

「三人ということは、やっぱり《焰》の人が怪しいですね」とサルメ。

「うん。もんらいは、られが……」

「食べてから喋《しゃべ》りなさいよレコ」

アイリスが呆《あき》れ顔で言った。

ユルキとイーナが自分の席に座って、普通に食事に手を付けた。

「方針を言うぞ」マルクスが真面目に言った。「まず、団長を攫った者を敵と認識する。よって、団長を盾にこちらに何か要求してきても無視でいい。その時は、団長は死んだと仮定し、全力で敵対勢力を叩き潰す」

マルクスが言うと、みんな頷いた。

アイリスも頷いていた。攫われたのがアスラだから、あまり本気で心配していないのだ。

「アイリスとエルナは憲兵団を訪ねて、念のためこの辺りで起こった人攫《ひとさら》いについて洗ってくれ。この時間でも、英雄になら情報を出すだろう」

「ちょっとー、わたしは団員じゃないわよー？」

「食事代だと思って手伝ってもいいのでは？　自分たちの奢りだぞ？」

「……分かったわよー。でも手伝うのはそこまでよー？　それ以降は、わたしもお金取るからねー？」

「うむ。ユルキとイーナは、《焔》を見つけて締め上げろ。情報を得たら、一度宿に集合だ。サルメとレコは周辺で聞き込みをしろ。一見、無関係な話でも、気になったら報告しろ」

「はーい」

「分かりました」

レコとサルメは素直に返事をした。

◇

気がついたら、アスラは後ろ手に縛られて樽《たる》の中に詰め込まれていた。

樽の隙間から外を窺《うかが》うが、同じような樽が見えただけ。

「樽に詰め込まれるとは貴重な経験だね」

ちょっと楽しいアスラだった。

周囲の様子を探って分かったのは、荷馬車に乗せられているということ。

悪路ではないので、舗装された大きな街道を移動しているのだろう。

「ああ、でも頭痛がするね」

腹も痛い。殴られたからだ。

頭部と腹部に【花麻酔】の花びらを貼る。

「あと、背中がなぜか痛い……って、そうか。私斬られたんだったか」

アスラは背中の【花麻酔】も取り替えた。すでに効果が切れていたので、痛んだのだ。

豪遊の前に医者に縫ってもらったから、たぶん出血はしていない。

「何がキツイって、自分の口がゲロ臭いことだね」

脱出しようと思えば簡単にできる。特に何の変哲もない普通の樽に詰め込まれているからだ。

けれど。

しばらく状況を楽しもうと思った。

と、

「誰かー！　助けて！　誰か！」

女の子の声が聞こえた。

どうやら、アスラ以外にも拉致された者がいるらしい。

「ふむ。ということは、私をピンポイントで狙ったわけじゃないんだね」

犯人はアスラの個人的な敵でも、《月花》の敵でもないということ。

いや、とアスラは考えを改める。

まだ決めつけるのは早計。情報が十分に出揃《でそろ》っていない。

「うるせぇ！　黙らねぇとぶち殺すぞこら！　こっちは剣持ってんだ！　突き刺すぞ!?」

男が怒鳴って、すぐに樽を蹴っ飛ばす音。

女の子は沈黙した。

「この声は確か、傭兵団《焔》の奴だったかな？」

ククッ、とアスラが笑う。

さぁどこに連れて行ってくれるのだろう？

「でも、きっと後悔するんだろうなぁ、私を拉致ってしまったこと」

五章　二話

# 私の値段？　お高いに決まっているだろう？
# え？　二〇万？　それは安すぎるっ!!　あんまりだよ！

翌朝。

アスラは樽《たる》から出され、荷台に座っている。手は縛られたまま。

ここは幌《ほろ》の付いた荷台。荷馬車の大きさは《月花《つきばな》》の拠点と同じぐらい。

アスラを樽から出した《焔《ほのお》》の男が、別の樽から少女を抱き上げた。

《焔》の男は革の鎧《よろい》を赤色に塗っている。昨夜、アスラたちに話しかけてきた男。

荷台の中には、他の《焔》はいない。荷馬車を操っているのが最低一人と、交代要員もいるだろうから、三人以上と考えるのが妥当。

そのまま昨夜の三人組か、とアスラは思った。

「助けて……おうちに帰して……」

荷台に下ろされた少女が言った。

少女の見た目は一二歳前後で、銀髪。特に可愛《かわい》くもなければ、不細工でもない。

しかし服はそこそこ高そうに見えた。貴族的な雰囲気はないので、小金持ちの子供だろう、とアスラは思った。

「水とパンをやる」赤い革鎧の男が言う。「が、その前に足枷《あしかせ》をはめる。暴れんなよ？」

「暴れる気なら、君が樽を開けた時に暴れるよ」

アスラは小さく肩を竦《すく》めた。

アスラはしばらく様子見しようと考えていた。最低でも、相手の目的は知りたい。

まぁ相手が傭兵《ようへい》なので、単純に依頼を請けたというのが濃厚だが。

「さすが、落ち着いているな。お飾りとはいえ傭兵団の団長を名乗るだけある。だろう？　アスラ・リョナ」

赤い革鎧の男が少し笑った。

「私がお飾りだって？」アスラがムスッとして言う。「どういう意味だ？」

相手がアスラの名を知っていたことよりも、そっちが気になった。

「そのままの意味さ。話題性だろう？　一三歳の少女が率いる傭兵団。オレら界隈《かいわい》じゃ、《月花》は割と有名だぜ？」

「ほう。つまり何かね？　私が話題性のために団長を名乗っていると？　じゃあアレかね？　本当の団長はマルクスだとでも？」

今すぐこいつ殺そうかな、とアスラは思った。

「元蒼空《そうくう》騎士団のマルクス・レドフォードが一三歳の少女に従っている。それだけでも、話題作りは十分」赤い革鎧の男が笑う。「オレも一四歳の時から傭兵やってんだ。お前が傭兵でも驚きゃしねぇ。が、団長ってのは有り得ない。だろ？」

「だろ？　って言われてもねぇ」

アスラは苦笑い。

見当違いもいいところだ。

「ほら、足出せよ。一応、言っとくけど、お前の装備は取り上げてる」

「知ってるよ。あのベルト特注なんだよね。あとで返してくれるかい？」

言いながら、アスラは足を伸ばす。

「返すわけにはいかねぇな」

赤い革鎧の男が、アスラの足首に木製の足枷をはめた。

「そうかい。まぁいいよ。どうせ戻ってくる」

それは確信。戻らないはずがない。アスラが何もしなくても、ベルトはアスラの元に戻る。

連中が黙っているはずがない。

あのイカレた戦闘凶どもが、団長を拉致されて静観するわけがない。

「ほら。お前も出せ」

赤い革鎧の男が、もう一人の少女にも足枷をはめた。

「ところで、君の名前は？　君は私を知っているのだから、私が君を知ってもいいだろう？」

「ヤーコブだ」

赤い革鎧の男――ヤーコブは別の樽から水筒を二つ取り出し、それぞれアスラと銀髪の少女の前に置いた。

「縛られたままでは飲めないよ？」とアスラ。

「うるせぇな。順序ってもんがあるだろ？　オレが飲ませてやる」

「ほう。君は天使か何かかね？　ずいぶんと優しいね。ということは、やはりこの拉致は依頼された仕事だね。私は君たち《焔》の敵じゃない、ということ」

何かしらの恨みや憎しみで動いているなら、こんな優しい扱いは受けない。

「そりゃそうだ。オレら傭兵は、金貰《もら》って仕事を請ける。お前らだって同じだろ？」

「そっちの少女と私の関連は何だい？」

「銀髪の少女を二人拉致る。それが任務だ。で、一人は指定されてたんだ。傭兵団《月花》のアスラ・リョナ、ってな」

「割とペラペラ喋《しゃべ》るね。守秘契約は交わしていないのかな？　それとも問題ないと判断した？」

「両方。オレは問題ないと思ってるし、依頼主もてめぇに内密にしろとは言ってねぇ」

「なるほど」

依頼主はアスラに拉致が露見しても問題にならないと考えている。

要するに、待っていれば会えるということ。最初からアスラと顔を合わせるつもりだから、先にバレてもいいという意味。

「ところで、私の拉致は幾らだい？　私なら、私を拉致るなんてハイリスクな依頼を一〇〇万ドーラ以下では請けないがね」

「二〇万だ」

この私が二〇万？

「……それ本気かい？　君イカレてるのかな？　私の拉致がたったの二〇万？」

あまりのショックに、アスラは頭がクラッとした。

いや、落ち着け私、とアスラは自分に言い聞かせる。

上位の魔物二匹分の相場だ。悪くはない。悪くはないはずなのだ。

「傭兵団《月花》は噂《うわさ》になってるし、腕が立つってのは知ってる。が、所詮は少数の新参者。二〇万で十分。現に、てめぇの拉致は簡単だったぜ？」

「……酔って吐いていたからね……。あとのことは？」

「装備奪って魔法に気を付ける。以上だ。傭兵ってのは自分のミスは自分でどうにかするもんだ。てめぇの団の連中は、てめぇを切り捨てて新しく団長を祭り上げるだろ？」

「そうかい。あくまで《焔》の見解はお飾り団長のアスラ・リョナ、なんだね」

ヤーコブたちの誤算は、アスラをお飾り団長と決めつけたこと、ではない。

傭兵団《月花》の団員をよく理解していないことだ。

連中は、ぶっちゃけイカレてる。

現時点で、ヤーコブたちの帰る家は存在していないはず。

「実際そうなんだろ？　てめぇがマルクスより強いとは思えねぇな。まぁ、大英雄の腕を吹き飛ばしたらしい、って話もあるが、与太《よた》だろ？」

「……私は心を入れ替えるとしよう」アスラは一度大きく頷《うなず》いた。「色々と優しくしすぎたんだね、きっと。遊びが過ぎた。分かった。もうルミアもいないし、これからはもっとガチでやろう。私の真髄を世界に知らしめてやろうじゃないか。二〇万はあんまりだよ」

安すぎる。どう言い聞かせても安すぎる。

お飾り団長なんて言い出す連中が出ることも想定していなかった。

アスラは舐《な》められるのが嫌いだ。

とりあえず、とアスラは思う。

依頼主はサクッと殺そう。遊ばず、優しくせず、秒単位で殺す。だがそれだけではダメだ。証人として、依頼主側の人間も数人生かしておく。

アスラ・リョナがどれほど恐ろしいか、宣伝してもらうために。

「おっと、依頼主は誰だい？　秘密じゃないなら、話しておくれ。大丈夫、依頼主が誰でも、私は抵抗しないよ。大人しく運ばれてあげよう」

そして殺す。依頼主を殺す。二〇万なんてはした金で、アスラを拉致しようと考える人間が二度と出ないように。

傭兵団《焰》の方は、放っておいても問題ない。

どうせヤーコブを含め、アスラの拉致に関わった人間はみんな死ぬ。

直接関わっていなくても、《焰》というだけで死ぬ。

まぁ謝れば許してやらないこともない、とアスラは思っている。

傭兵は依頼を請けるだけなのだから。

「直接の依頼主ってわけじゃないが、てめぇはジャンヌ・オータン・ララって知ってるか？」

◇

昨夜。

ユルキは傭兵団《焔》の支部を訪ね、依頼書を見せてほしいと頼んだが門前払いされた。

当然だ。依頼書を他人に見せるはずがない。

でも、そんなことはどうでも良かった。

「二階に何人かいるな。でもたぶんスリーマンセルか、多くても小隊規模。一階には受付の姉ちゃんがいるけど、こいつは傭兵じゃねぇな。血の臭いのしない、小綺麗《こぎれい》な姉ちゃんだった。んで、入って右のロビー的なとこで、傭兵三人がカードゲームしてたな」

ユルキは内部の情報をイーナと共有する。

《焔》の支部は普通の二階建ての一軒家とそう変わらない。《焔》の規模から考えると、かなり小さな支部。

「遊んでるなら……普通に殺せそう……」

イーナが少し笑った。

すでに夜も更けている。

一応、《焔》は二四時間営業を謳《うた》っている。だから何人かの傭兵が支部に詰めているのだが、気は緩んでいる。

「遊んでなくても殺すさ。俺ら強いだろ？」

「うん……ビックリするぐらい、あたしら強い……」

「ま、遊んでる連中は入って右だぜ。間違うなよ？　任せるぜ？　二階への階段は右奥。俺が階段抑えて、下りてくる奴《やつ》をやる」

「あい……皆殺し？」

イーナは《焔》の支部を見ていた。

それほど離れてはいない。二〇メートル程度だ。

ユルキとイーナは特にコソコソすることもなく、普通に道で話をしている。

周囲に人の気配はない。

「姉ちゃんは生かしとけ。依頼書、出してもらわねぇと」

「……出さなかったら？」

「出させろ」

「あい」

イーナはウキウキした様子で頷いた。

「んじゃあ、行くぜー」

ユルキとイーナは、普通に歩いた。

ただの通行人のように歩いて、そして普通に《焔》の支部に入った。

それらはあまりにも自然で、これから襲撃するなんて、誰も思わない。

受付の女も同じ。また来たのか、と眉をしかめただけ。右の傭兵たちも、特にこっちを気にしていない。チラッと確認したぐらい。

それは当然、そうだ。

一体、誰が傭兵団《焰》の支部をたった二人で襲撃するなんて考える？

有り得ないのだ。依頼に来た客としか思わない。警戒する必要もない。

「ちょっとダンスするぜ」

ユルキは受付の女に微笑《ほほえ》んでみせた。

同時に、イーナが弓に矢をつがえ、右の傭兵たちを射る。

最初の矢が傭兵の頭を射貫《ぬ》いた時、ユルキは階段の隣まで走って移動していた。

イーナが二本目の矢を放って、二人目を倒す。

そこでやっと、本当にやっと、最後の一人が剣を抜きながら立ち上がった。

受付の女が悲鳴を上げる。

イーナは三本目の矢に【加速】を乗せた。

最後の一人は、その【加速】矢を躱《かわ》せなかった。剣で弾くこともできなかった。

矢は最後の一人の胸に突き刺さり、これでイーナの仕事はほとんど終了。

階段からドタドタと傭兵たちが下りてくる。下りきった瞬間に、階段の真横にいたユルキが躍り出て、傭兵の喉を裂いた。

「めんどくせぇ、支部ごと焼き払うか」

ユルキは【火球】を用意し、階段を駆け下りてきた二人目に投げつけた。

そいつが悲鳴を上げながらのたうち回り、周囲に火が燃え移る。

その様子を見て、イーナが即座に受付の女に短剣を突きつける。

「依頼書……最近のやつで、拉致関係のやつ……全部出して。早くしないと、みんな燃え死ぬ……」

三人目が盾を構えながら階段を下りてきた。

「お？　ちょっとは頭が回るんだな」

ユルキがヘラヘラと笑った。

「ざけんなよてめぇ！　こんなことしてタダで済むと……」

「こっちの台詞《せりふ》だっつーの」

ユルキが両手に短剣を構える。

盾の男が右手で腰の剣を抜く。左手の盾も構えたまま。

火が広がっていく。木製の家はよく燃える。

煙が充満する前に撤退する必要がある。

「……ユルキ兄、ゲットした！」

「なんだよ、やっぱ姉ちゃんのとこに仕舞ってあったのかよ」

そう思ったからこそ、何も気にせず速攻で火を放ったのだが。

「予想通りだぜ。んじゃあ、帰るか」

ユルキがイーナの方を向いて笑った。

同時に、盾の男が剣を振る。

しかしユルキはそれをあっさりと躱した。

「遅せぇよ。団長の足下にも及ばねぇ。ってことは、やっぱ団長って強いんだなー」

盾の男が剣を横に振る。

ユルキはそれを左手の短剣で受け止め、右手の短剣で盾の男の腕を刺した。

盾の男が悲鳴を上げる。

「生かしといてやるよ。俺は傭兵団《月花》のユルキ・クーセラだ。お前らんとこの偉い奴に伝えてくれや」短剣を引き抜きながら、ユルキが言う。「なんでタダで済むと思った？　うちの団長拉致って、なんで無事に済むと思った？　お前らみんな死んだぞ？　嫌なら謝罪に来いや？　ま、うちの団長が許すかどうかは知らねぇけど、望みはあると思うぜ？」

まだ確かな証拠はないが、状況的には《焔》が怪しい。

違っていたとしても、大きな問題はない。

《焔》と交戦状態に陥るだけのこと。

アスラはきっと「仕方ないなぁユルキ。まぁ戦争が始まってしまっては本当に仕方ない。乗っかるよ」とか言って笑うに決まっている。

もし戦争を望まないなら、金で決着させればいい。まぁ、その時にユルキがかなり多くの額を受け持つことになるだろうけど。

「ユルキ兄っ！　燃えちゃう……！」

依頼書を抱えたイーナが叫ぶ。

火の勢いが強い。イーナとユルキは火によって分断された状態。

受付の女はすでに外に避難していた。

「おう。先出てていいぜ？」ユルキは笑っている。「なぁオッサン。ちゃんと伝えてくれよな？」

「イカレヤローが……いきなし殺して、火まで点けやがった……。マトモじゃねぇ……」

盾の男は刺された右腕を左手で押さえながら、ユルキを睨《にら》んだ。

「俺はマトモだぜ？　うちの団長に比べりゃな。つか、お前らだって傭兵なんだから、先制攻撃ぐらい知ってんだろ？」

ユルキが肩を竦めた。

先制攻撃の大切さを、アスラに叩《たた》き込まれた。

先に敵を発見し、先に攻撃する。不意を打って、奇襲を仕掛け、遮蔽物に身を隠しながら移動し、また先に攻撃する。

真《ま》っ直《す》ぐ並んで立って、突撃の号令でお互いに飛び出すなんて戦争は、すぐに古くなる。アスラはそう言っていた。

「んじゃ、オッサンも早く逃げろよ？　おうちは燃えちまうぜ？」

言い残し、ユルキは窓に向かって飛び、そのまま窓をブチ割って外に転がり出た。

## 五章　三話　臭い美少女も悪くないだろう？　ダメ？　やっぱりダメか。私も嫌だし

「やっと繋《つな》がったか」

宿の一室で、マルクスが長い息を吐いた。

レコ、サルメがかき集めた情報。

ユルキ、イーナが持って帰った依頼書の精査。

そして、アイリスとエルナが借りてきた憲兵の調書。

そこから、今回の拉致の核心に迫ったのは真夜中だった。

「整理するよ？」床に座っているレコが言う。「まず、団長を拉致したのは《焔《ほむら》》で間違いない。依頼書に団長の名前があった」

「正確には銀髪の少女二人の拉致です」レコの隣に座っているサルメが補足する。「うち一人を、団長さんに限定していました。報酬は団長さんが二〇万ドーラで、もう一人は誰でもいいので二万ドーラです」

「……団長きっとブチキレる……」ベッドに腰掛けたイーナがブルブルと震えた。「……二〇万ドーラなんて、あたし絶対無理……。そんなはした金で、団長拉致するとか……無理すぎる」

「おう。団長が知ったら地獄の完成だな」ユルキは椅子の上で肩を竦めた。「団長って舐められる

の嫌いだからなー。金額知ったら怒り狂うぜ？　つっても、あんま団長は感情表に出さねーけど」

「で、憲兵の調書だと、周辺国でちょこちょこと銀髪少女二人の拉致が起こってるわ」壁にもたれ、調書を片手に持ったアイリスが言う。「各国で連携して捜査してるけど、犯人逮捕には至らず。まぁ、相手が《焰》なら確実な証拠なんて残さないわよね」

平和に生きていたアイリスですら、《焰》の名前は知っている。

何でもやる傭兵団。どんな極悪非道なことでも、金さえ積めば遂行する。倫理観の欠片《かけら》もない連中。

「つまり定期的に、銀髪の少女を補充してる、ってことだわー」椅子に座ったエルナが言う。「それってつまり、使い潰してる、ってことだわねー」

「そしてここからは噂の領域だが」壁にもたれたマルクスは腕を組んでいる。「少女たちは邪教徒たちに嬲《なぶ》り殺される。いわゆる生け贄《にえ》のような感じだ」

「銀色の神ゾーヤに見立てられてね」アイリスが言う。「それって本当なら最低のことよ」

中央フルセンに『神典』を書き残した唯一神ゾーヤ。

男か女かは定かではないが、残っている像は少女の姿をしている。

そして銀髪だったという記録がある。

「続けるよ？」とレコ。

「お前、なんか喋り方が団長みたいだな」とユルキ。

「そう？　オレ、団長が好きすぎて団長になりつつあるのかな？」

「んなわけないでしょ」アイリスが溜息《ためいき》を吐く。「さっさと続けて」

「依頼主の名前はアダ・クーラ。全然知らない人だけど、団長ともう一人の受け渡し場所はラスディア王国」

「有名な無法の国です」サルメが言う。「賭博、売春、薬物、だいたい何でも合法なので、ある意味、法治国家とも言えます」

「……東フルセンと中央フルセンの境の国……。だから、中央の厳しい……戒律から逃げた人も……大勢」

「俺も昔、盗品売りに行ったことあるな」ユルキが言う。「闇市が普通の市なんだぜ？　税金さえ納めりゃ、大抵のことが許される国だな。俺らみたいなのには天国だったぜ？」

「逆に言うと……税金払わないと……速攻で捕まるけど……」

ラスディア王国において、一番の罪は脱税。

「んで、邪教徒どもの巣窟でもある。こうなりゃもう、拉致の依頼主は邪教徒の教団だ。儀式だか何だかの生け贄用の拉致。問題は、なんで団長を指定したか、ってとこだな」

「そこだけは読み取れないが」マルクスが冷静に言う。「大抵は個人的な恨みか、興味だろう」

「どちらにしても」エルナが言う。「わたしはそろそろ引き揚げるわねー？　アクセルに鳩《はと》は飛ばしたけど、詳細はちゃんと会って報告したいし、用のあったアスラちゃんがいないなら、日を改めるわー」

「ああ。助かった」マルクスが小さく笑う。「自分たちはラスディアに向かうから、ヒマなら追って来てもいい。そこで団長とも会えるだろう」

「わたしがヒマに見えるのー？」

エルナは立ち上がって、一度背伸びをした。

「ヒマそのものじゃねーか」ユルキが笑った。「大英雄会議で動き方が決まるまで、どうせやることねーんだろ？」

「はいはい、どうせわたしはヒマよー。大英雄の力を借りたいなら、素直にそう言えばいいのにー」

「……違うし。団長に用があるなら……ラスディアで会えるって、マルクスはそう言っただけだし……。そのあと、あたしらが……予定通りアーニアに行くとも限らないから……」

そう。状況というものは変化する。

アスラが拉致されたことがそもそもイレギュラー。

であるならば、当初の予定通りに動くとは言い切れない。

「あらそうなのねー。親切にどうもー。じゃあ、わたしはこれで」

エルナは軽く手を振ってから部屋を出た。

「オレたちどうする？」

「朝まで休む。それから、朝食を摂《と》ってラスディアに行く。焦ることはない。うちの団長に限って万が一はない」

「そりゃそーだ」ユルキが笑う。「ぶっちゃけ、団長がその気なら余裕で自力脱出するさ。ラスディアに向かう道でバッタリ会って、『やぁ君たち、今日もいい天気だね』ってなもんさ」

「問題はそうしなかった場合ですね」サルメが言う。「団長さんの意向を上手《じょうず》に汲《く》み取らないと、お仕置きされるかも……」

「それは恐ろしい」マルクスが苦笑い。「念のため、ラスディアに入ったら慎重に考えて動こう。いきなり団長を救出するのではなく、まずは敵側に気付かれないよう団長と接触しよう」

「副長のマルクスが一番責任重いし」

レコが楽しそうに言う。

「一人残った方がいいでしょうか？　自力脱出した団長さんと入れ違わないように」

「その必要はねーさ。こっからラスディアに行く道なんて二通りしかねーし。二手に分かれてラスディアに向かうだけで十分さ。途中で団長に会ったら、そのまま一緒にラスディアで合流すりゃいい」

◇

三日後。

「イルメリ、ちょっと臭うよ君」

「アスラお姉ちゃんも臭いよ？」

アスラは相変わらず荷馬車に乗っていた。

拉致されたもう一人の少女、イルメリとはそれなりに仲良くなった。

今も二人は寄り添って座っている。

二人とも、もう手は縛られていないが、足枷同士を鎖で繋がれている。

「ふむ。もう三日以上、身体を洗っていないからね」

「イル、温泉に行きたい」

最初はずっと怯《おび》えていたイルメリだが、アスラが話しかけて打ち解けた。

同じ拉致された者同士なので、仲良くなるのに時間は掛からなかった。

「温泉いいね。私も行きたいよ」

「一緒に行こう、アスラお姉ちゃん」

「そうだね。いずれね」

そろそろ目的地であるラスディア王国に到着する頃だ。

アスラはヤーコブから目的地も依頼主も聞き出した。

そしてやる気が出た。

依頼主がジャンヌを神と崇《あが》めるカルト教団だからだ。

ジャンヌの神性にやられた愚か者どもだと、簡単に推測できた。

ジャンヌ本人はアスラの拉致なんて頼まない。そういうタイプじゃない。今のジャンヌは、アスラをそこらの小石程度にしか思っていない。ルミアが説得しても同じこと。

よって、ジャンヌを信奉する者が、フルマフィを潰したアスラを許せず、独断で行った拉致である可能性が高い。

運が良ければジャンヌの居場所を知っている者がいるかもしれないし、仮にいなくても問題ない。

どうせ連中はジャンヌのために動く。ジャンヌの兵隊の一部と考えていい。ならば、潰せばジャンヌのダメージになる。小さなダメージでも構わない。ジャンヌに関連する連中は積極的に潰す。

「……おうち、帰れるよね？」

イルメリが不安そうに言った。

「もちろんだよ」アスラは小声で言う。「私は強い。連れて帰ってあげると約束したろう？　私は約束を守るタイプだから安心していい」

チラッと見張り役の男に視線を移すが、こちらの会話を気にした様子はない。

傭兵団《焔》の連中は、やはり三人だった。

三人で見張り役、馬車を動かす役、休憩する者、とローテーションで回している。

ヤーコブは今、馬車を動かしているはずだ。

まぁ、どうでもいいことだけれど、とアスラは思った。

アスラはこの三人には何もしない。その必要がない。どうせ彼らは家に帰れない。人生最大の幸運で、《月花》に遭遇せず帰れたとしても、家そのものがない。

アスラには団員たちの行動が手に取るように分かる。

彼らの帰る家はもう存在しない。それは確信だ。

「うん……」

イルメリは頷いたが、まだ不安は拭えていない。

分かっている。所詮は口約束だし、アスラの実力も見せていない。

「歌おうイルメリ。昨日教えた歌、覚えてるよね？」

「うん。すかぼろーふぇあ」

「そう。スカボローフェア。私はバラッドが好きでね。いくよ」

アスラとイルメリが一緒に歌う。

こっちの世界に生まれたアスラは歌が好きだった。

もちろん、前世でも音楽は嫌いじゃなかった。

一番好きなのはアサルトライフルの発砲音だったが。

歌い終わって、しばらくイルメリと他愛《たあい》もないお喋りを続けていると、馬車が停まる。

アスラとイルメリはまた後ろ手に縛られた。続いて足枷が外される。

それから、首輪をはめられ、首輪同士を鎖で繋がれる。歩く時はアスラが前でイルメリが後ろという形。

アスラの首輪の前にも鎖があって、《焔》の男がそれを引っ張る。

アスラたちはそこで降ろされ、修道服を着た女がヤーコブに金を渡し、鎖を受け取る。

「ここからは、私と行きますが、逃げようなどと思わないでください」

女が厳しい口調で言った。

イルメリが怯えているのがアスラには分かった。

「このガチガチに拘束された状態で逃げるとでも？」

アスラは少し笑って、周囲を見回した。

普通の大通り。他に人も多い。だが誰もこっちを気にしていない。

さすが無法者の天国と言われるラスディア王国だね、とアスラは感心した。

他の国なら、誰かが憲兵に通報する。

と、女がアスラの前に立って、いきなりアスラに平手打ちをした。

「口答えしたら叩きます。逆らっても同じです。では行きましょう」

女が鎖を引っ張って歩く。

アスラは女を観察する。

赤毛のポニーテール。年齢は二〇歳前後。胸の大きさは普通。身長体重は平均的。ただ、戦える女だ。

身体を鍛えているのはすぐ分かったし、歩き方が綺麗《きれい》だ。それに、さっきの平手打ちのフォームも良かった。

誰かを痛めつけることに抵抗もない。慣れているのだ。

中央の出身だろう、と予測。

中央では体罰が日常的なので、元々、痛めつけることに抵抗の少ない者が多い。

体罰を受けて育ったから、そのまま他の者にも体罰を与えるのだ。それが普通だと思っているから。

昔のルミアもそうだったなぁ、とアスラは思い出す。

まったく言うことを聞かない上、クソ生意気なアスラを、ルミアはよく叩いた。

その頃のアスラは、すでに傭兵になろうと考えていたので、痛みは歓迎した。慣れておきたかったのだ。新しい幼女の肉体を、前世と同じように痛みに慣らしたかった。

ちょっと度が過ぎて、ルミアの方が引いてしまったが。

半年も経《た》たずに、ルミアはアスラを叩くことを止めた。

「まずは身体を清めてもらいます」

女が大きな建物の前で立ち止まる。

平屋で、二階はない。だが広い。この教団はかなりの金を持っている、ということ。

まぁ、真っ当な金ではないだろうが。

「私らは臭うかね？」とアスラが笑った。

女はすかさず、アスラに平手打ち。

「黙ってください」

「黙らないとどうなるんだい？　今は殺せないだろう？」

この女はボスではない。ボスは自ら生け贄を迎えに来たりしない。

生け贄、というのはヤーコブの情報ではない。カルト教団が少女を拉致する理由なんて二つしかない。輪姦《りんかん》するか、捧《ささ》げるかだ。あるいは両方。

極めて低い可能性だが、仲間に引き入れるというのもある。だから正確には三つ。でも、仲間にするためにわざわざ拉致するのは変だ。勧誘した方が手っ取り早い。

女がまたアスラを叩いた。

「ヌルい。その程度で私が黙るとでも？　まぁ、君が可哀想《かわいそう》だから今は黙って従ってあげるけれど」

「私が可哀想？」

女が首を傾《かし》げた。

素手でアスラを叩き続けたら、先に女の手と精神が壊れる。

「気にしなくていい」

どうせ君は近い将来、死ぬんだから。

五章　四話

# 世界中で行われている会議の九割は無意味さ会議の結果、何かが良くなった経験あるかい？

中央フルセンの中央付近に位置する小国。

王城内に設けられた会議室に、各地方の大英雄が一人ずつ集まっていた。

「……はぁ……遠かった……。大英雄になんて……ならなければ良かった……はぁ」

西側の大英雄、ギルベルト・レームが何度も溜息《ためいき》を吐く。

ギルベルトは三六歳の男。

金髪で、髪の毛を逆立てている。不細工ではないが、イケメンでもない。身長と体重も普遍的。

ただ、ファッションのセンスは飛んでいた。

革製のパンツに、革製のジャケットを素肌に羽織っている。首元には金のネックレス。

「テメェは相変わらず暗いなぁおい」アクセルが苦笑い。「その性格直したくて、そんなアホみたいな格好してんだろうがヨォ」

大英雄三人は、それぞれ小さな円卓に座っている。

「ふん。身なりを変えたぐらいで性格が変わるものか。愚かしい」

中央の大英雄、ノエミ・クラピソンが鼻で笑った。

ノエミは三〇代半ばの女で、長い水色の髪に修道服。

「……二人はいつも……おれに厳しい……はぁ……西に帰りたい……」

「テメェ、本当、アホみたいに強いくせに、なんだってそんな弱気なんだ？　俺様にはさっぱり理解できネェ」

「ギルベルトが強いのではない」ノエミが言う。「アクセル、貴様が衰えたのだ。さっさと引退しろ。といっても、マティアスを殺されたんだったか。悪いが、こちらでは何の情報も摑《つか》んでいない」

「……西も同じ……。何も分からない……はぁ……どうして英雄が殺されなきゃ……いけないんだ……おれ、英雄になんて、ならなきゃ良かった……」

ギルベルトには理想も思想もなく、ただ無駄に強かったので、周囲に推されて英雄選抜試験に出た。三次選考で二回落ちたのだが、その二回もいいところまで行ってしまったので、結局周囲の期待に押され、三回目で称号を得た。

「マティアスの件じゃネェよ」アクセルが肩を竦《すく》めた。「前に話したろ？　犯罪組織のボスがジャンヌだったら、俺様らで処理しようぜって」

「……ジャンヌじゃなかった……？」ギルベルトが言う。「だよね……？　そうだと言って……」

アクセルが首を横に振る。

ギルベルトがガックリと項垂《うなだ》れた。

「……ジャンヌって、もはや伝説的存在……ああ、嫌だ……嫌すぎる……」

「しっかりしろよ大英雄」アクセルが苦笑い。「いくら最近世代交代したばっかでも、テメェはれっきとした大英雄だぜ？　マジでしっかりしろってんだ」

「貴様にも言えるのでは？」ノエミが少し笑う。「一三歳の少女に左腕を吹き飛ばされた、という噂《うわさ》だが、よもや事実ではなかろう？　その義手はファッションなんだろう？」

「ケッ、事実だヨォ。つーか、テメェ今、事実だと知ってて俺様を突いたな？　性格悪すぎんだろうがヨォ」

「……最近の若者……怖いな……」

ギルベルトがブルブルと震えた。

「ふん。傭兵団《ようへいだん》《月花《つきばな》》のアスラ・リョナ団長、だろう？」ノエミが言う。「絶世の美少女、という噂だが、どうだアクセル？　事実か？」

「やっぱ知ってんじゃネェか。クソ、美少女かどうかなんて、俺様に分かると思ってんのかテメェはヨォ」

「そうだったな。貴様は殴るしか能のないジジイだったたか。美醜など理解できぬか」

「あん？　テメェ殴ってやろうか？　ボコボコに殴ってやろうか？」

「やめておけ。今の貴様に負ける気はせん」

「……ふ、二人とも、仲良く……仲良くしよう……」

ギルベルトが両掌《りょうてのひら》を二人に見せた。

まぁまぁ、落ち着いて、というジェスチャだ。

「まぁいい。アスラ・リョナにはいずれ我の方から制裁を加えておこう。東の連中は甘ったるくて困る」

「制裁もクソもあるか。済んだ話なんだヨォ」

「知るか。マティアスの暗殺に続いて、大英雄が一般人にやられるだと？　いい笑いものだぞ貴様。大英雄が舐《な》められていいはずがない。もちろん、我だって殺しはしない。義務に反するからな。しかし、半殺しなら、義務にも特権にも触れんだろう？　私怨ではなく、英雄のための行動なのだからな」

「後悔するぜ？」

「だから、我は今の貴様に負ける気など……」

「そうじゃネェよ」アクセルがやれやれと首を振る。「アスラに会うなら、別に止めネェよ。好きにしろってんだ。どうせ泣くのはテメェの方なんだからヨォ。腕一本で済めばいいけどな」

「ほう。ずいぶん、買っているじゃないか」

「アスラは何の躊躇《ちゅうちょ》もなく、俺様の腕を消し飛ばしたんだぜ？　俺様はぶっちゃけ、金貰《もら》ってもアスラとは二度と敵対したくネェな」

恐れ。底知れない恐怖。

あの嗤《わら》い方。思い出しただけでも寒気がする。

だが敵でなければ、アスラは割と話の分かる奴《やつ》だ。アクセルはそう思っている。

「あー」ギルベルトが言う。「アスラの話は……もういいから……、ジャンヌ……どうするか決めよう……」

「そうは言っても、どこにいるかも分からん」ノエミが肩を竦めた。「できることなど多くない」

「だな。とりあえず、ジャンヌの組織、フルマフィってんだが、それを英雄たちで潰す。そうすりゃ、いつか出てくるだろ？」

「……了解……。戻ったら……早速……通達する……、ああ……ジャンヌ出てきませんように……西側には……出ませんように……」

「どんだけ弱気だよテメェは」

アクセルが溜息を吐いた。

「だが実際、ジャンヌだぞ？　そこらの英雄で勝てるとは思えぬ。嫌でも我ら大英雄が出るしかなかろう？　それでも、際どいと思うがな。奴には【神罰】がある」

「最低三人で組ませろ」アクセルが言う。「俺様らも、単独行動は禁止だ。以上だ。他になきゃ、解散だ」

◇

「ねーねー、二二万ドーラあったよ！」

荷馬車から降りてきたレコが、嬉《うれ》しそうに言った。

「お、いいじゃねーか。死人に金はいらねぇし、貰っとこうぜ。あ、三人で分けて、女連中には内緒な？」

ユルキがニコニコと笑った。

傭兵団《月花》は二手に分かれてラスディアを目指した。

男チームと女チームだ。

「割り切れんだろう。素直に団の金にしておけユルキ」

マルクスが溜息混じりに言った。

「……ふざ……けんな……クソが……」

マルクスの前で倒れているヤーコブが吐き捨てるように言った。

「別に自分はふざけていない。団の金にした方が円満だ」

「オレもそう思う。アイリスとサルメはともかく、イーナが知ったら怒るよ?」

「ちっ、分かった分かった」ユルキが両手を広げた。「んじゃあ、団の金でいい。レコ持ってろよ」

「うん。オレ持っとく」

「それはそれとして、レコ、自分がなぜこいつを生かしたか分かるか?」

マルクスたちはラスディアのすぐ近くで、傭兵団《焔《ほのお》》の連中と遭遇した。

穏やかな昼下がりのことだ。

そして特に何かを話すこともなく、すれ違いざまに襲撃。すでに二人は死体になって、残るは荷台から出てきたヤーコブのみ。

そのヤーコブも、マルクスに素手で半殺しにされ、今は地面にキスしていた。

「何か情報を聞き出す?」とレコが首を傾《かし》げた。

「今更か?」とマルクス。

「えっと、ごめん。分からない」

「単純なことだぜレコ。相手が三人で、こっちも三人」ユルキが言う。「団長攫《さら》われてイラついてんのは、何も俺とマルクスだけじゃねーだろ?」

「あぁ……」レコが頷《うなず》いた。「オレが殺していいの?」

「そーゆーこった」

ユルキが言うと、レコは二二万ドーラをローブの内ポケットに仕舞った。

今回、こっちのチームは拠点を動かしていない。

拠点は女チームの方が移動させている。

拠点は中で休めるので、当然取り合いになった。公平にどちらが使うか決めるため、コインの裏表勝負をしたのだが、男チームが負けたのだ。

だがルートは男チームが短い方を選んだ。女チームは拠点ありなので、そこは素直に譲ってくれた。

「よくもオレから団長奪ったな」レコが短剣を右手で持つ。「もう三日も会ってないから、オレ、寂しくて死にそう。でもお前が先に死ね」

レコが左手でヤーコブの髪を掴み、顔を上げさせる。

そして何の躊躇もなく、右手の短剣でヤーコブの喉を裂いた。

「あ、中に団長の装備あったよ?」

レコは短剣を振って血を払いながら言った。

「自分が持って行こう。予備もあるが、一応特注品だ。というか、持って行かなかったら団長はきっと怒る」

「俺もそう思うぜ。『なぜ私の装備を置いてきたんだい? 嫌がらせかね? 殺すよ?』って感じか」

「ユルキ全然似てない」

レコが笑った。

◇

アスラとイルメリは地下牢《ろう》に連れて行かれた。

まだ牢の中ではなく、廊下だ。

「地下まであるとはね。感心だよ。ところで、身体を洗ってくれるんじゃないのかい？」

アスラが言うと、ポニーテールの修道女がアスラを叩《たた》く。

「アダ様、用意しました」

修道女が三人増えた。

二人は大きな桶《おけ》を持っている。一人は真っ白な服と手拭いを抱えている。

「では、鎖を外します」

アダと呼ばれたポニーテールの修道女が、アスラの首輪の後ろの鎖だけ外す。

これでアスラとイルメリは、首輪の前にだけ鎖がある状態。

「君はアダという名前なんだね」とアスラ。

「いい加減、勝手な発言は止めてください。鞭《むち》を使いますよ？」

「どうぞどうぞ。大歓迎」

アスラが笑う。

どうせ拷問用ではなく、仕置き用の小さな鞭だ。何の問題もない。

「くっ……」

アダは苦い表情をして、イルメリに視線を移す。

「……ではこうしましょう。アスラ・リョナ、黙らなければこっちの子を打ちます」

アダが言うと、イルメリがビクッと身を竦めた。

「なるほど。そういう手を使うか。分かった、もう黙るよ」

アスラが言うと、アダはイルメリの首輪の鎖を摑み、引っ張る。

「おい、黙ると言ったろう?」アスラが言う。「その子を叩いたら殺す。一度でも叩いたら、いや、叩く素振りを見せたら殺す」

カルト教団のボス、いわゆる教祖様が現れるまで、アスラは大人しくしておく予定だった。けれど、イルメリを傷付けるなら話は別。今すぐ皆殺しにする。

「勘違いしないでください。別々の牢に入れるだけです」

「そうかい。じゃあ黙るよ」

「……嫌!　嫌!　イル、アスラお姉ちゃんと一緒じゃないと嫌!」

イルメリが悲痛に叫び、その場に座り込む。

「くっ……」アダが顔をしかめる。「言うことを聞かないなら……」

「殺すと言ったはずだ」

アスラが酷《ひど》く冷えた声を出した。

「私は約束を守るタイプでね。イルを叩いたら殺す。今すぐ殺す。それと、私とイルは一緒にいる。いいだろう？　それだけで、この私が大人しくしていると約束しよう」

「……今のあなたに、何ができると？」

「おや？　私を知っているはずだろう？　少なくとも、教祖様に聞いているはずだよ？　私がどんな人間か。どんなことをしてきたか。知っていて拉致したんだろう？」

「魔法に気を付け、常に拘束しておく、それだけです。聞いているのは」

「魔法に気を付ける、ね」アスラが笑う。「どうやって？　ん？　どうやって気を付ける？　どうせ君ら、魔法のことなんて何も分かっちゃいないんだろう？　私がその気になれば、君らを殺すなんて容易《たやす》いんだよ？」

教祖はアスラを舐めている。

あまりにも舐めている。拉致の金額がたったの二〇万ドーラだった上、部下に大した情報も与えていない。それで十分だと考えているのだ。

私はそんなに安くない。いずれ思い知らせてやる。

「では、なぜ逃げないのです？　逃げられないからでは？」

アダは冷静にそう返した。

まぁ、普通はそう思う。これまで逃げていないのだから、当然逃げられないと考える。逃げるだけの能力がないと勘違いする。

「私を招いた人物に興味がある、それだけだよ」

「ふっ……」

アダが初めて笑った。

「何が可笑《おか》しいんだい？」とアスラ。

「いいでしょう。二人一緒にしておきます。構いません。どうせ未来は変わりません。たとえ、あなたの話が事実でも。それより、大人しくしてくれる方が助かります」

「今の言葉と態度で分かったよ」アスラが言う。「私を招いた人物……たぶん教祖様だろうけど、そいつ、かなり強いね？」

アスラの言葉が本当でも、何も変わらない。

つまり、アスラがどれだけ強くても、意味がないということ。

なぜなら、相手の方が強いから。少なくとも、アダはそう信じている。

「傭兵如《ごと》きが逆立ちしても敵《かな》う相手じゃありませんね」

「そこまで言い切るということは、明確な指標があるんだね。つまり英雄」

アスラの言葉で、アダが目を丸くした。

正解ということだ。

「ははっ、面白い。英雄がまさかカルト教団の教祖様とはね！　裏の顔ってやつかな？　ははっ、笑えるよ！」

「くっ……私たちはカルトではありません！」アダがアスラの首を右手で掴む。「私たちは《人類の夜明け教団》！　カルトではありません！　邪神ゾーヤを信仰している方がどうかしているのです！」

「ははっ……どう見てもカルトだね……だって、君らの神って、ジャンヌだろう？」

「絞め殺しますよ⁉」

アダが右手に力を込める。

だが殺さない、とアスラは読んでいる。そんな命令は受けていないはず。

狂信者が教祖に逆らうはずがない。

「くっ……」

そしてアスラの読み通り、アダは右手を離した。

アスラは軽く咳《せ》き込んだあと、

「教祖様とはいつ会えるんだい？」

普通な感じでそう質問した。

「……明後日です……」

アダはアスラを睨《にら》み付けながら言った。

五章　五話

# 心が壊れていてフェチで性的サディスト？それって誰かに似てるわね

中央フルセンの古城。

「ほとんど毎日、よく飽きもせず叩《たた》けるわねぇ」

ルミアは自分に与えられた部屋で、ベッドにうつ伏せになっていた。

服は着ていないが、腫れた尻に濡《ぬ》れた手拭いが置かれている。

「だ、大丈夫ですの……？」

ティナが心配そうに声をかけた。

手拭いを置いたのはティナだ。叩かれたあとは大抵、ティナがルミアの面倒を見てくれる。

「まぁ、別に平気は平気よ。最初は威力の強さに面食らったけど、正直、アスラならヌルイって言うわね。唯一、回復魔法の禁止だけがちょっとキツイわね」

そう、実際、ジャンヌは性的サディストにしてはやっていることがヌルイ。

分析を間違ったのかも、とルミアは思った。

ここ数日、じっくりジャンヌとティナを観察した。

そうすると、アスラに教わった性的サディスト像とジャンヌが一致しないのだ。

正確には、一致する部分と、そうでない部分がある。そこの埋め合わせをしなくてはいけない。

「ごめんなさいですわ……」ティナが申し訳なさそうに言う。「……実の姉妹も、あんなふうに叩くとは思ってませんでしたわ……。ぼくだけかと……」

「いいのよ。ティナは悪くないわ。全面的にあの子が悪いわ」

当然だ。どんな理由があれ、虐待する方が悪いに決まっている。

「正直ね、わたしもう罪悪感が消えちゃったから、反撃しようと思えばできるのよ」ルミアが言う。

「わたしを縛っていたあの子への負い目を、あの子が消してしまったから」

「……やめてくださいませ……」

ティナがベッドに上がって、ルミアの手を両手でギュッと握ってお願いした。

「しないわ。大切な姉妹であることに変わりはないの。守りたいとも思ってるわ。ただ、わたしの罪悪感を勝手に消されたのは少し悲しいわ」

「……どういう意味ですの？　みんな、罪悪感が消えたら喜びますわよ？」

「でも罪が消えるわけじゃないでしょう？　幻よ、結局は。自分がスッキリして終わり。罪は残るわ。それに、わたしの罪悪感はわたしのものよ」

「そんなふうに言った人は、初めてですわ」

ティナがルミアの手を離した。

「そう？　まぁいいわ。いくつか質問しても？」

これまで、ルミアは分析だけに留《とど》め、直接質問はしなかった。

犯罪組織フルマフィについても、深くは聞いていない。

ある程度、情報を得てからじっくり話したかったから。

「いいですわよ」

「ティナも同じように叩かれていたのよね？」

「……はいですわ……」

ティナが視線を落とした。

「やっぱりおかしいわね」

「何がですの？」

「ダメージを与えるのが好きなら、頬を叩く方が……ギャグじゃないわよ？」

「ぎゃぐ？」

「いえ、いいの。アスラのせいね、今のは」ルミアが小さく息を吐く。「とにかく、頬なら鼓膜が破れたり、唇が切れたり、歯が飛んだり、当たりどころが悪ければ脳が揺れたり、後遺症を残せ……」

「姉様はそんなことしませんわ！　ぼくやルミアにそんなことしませんわ！」

「そう。そうね。だから不思議なのよ」

「言ってることが分かりませんわ」

「なぜわざわざ安全な場所を叩くのか、というのが一つ」

尻なんていくら叩かれても、ただ痛いだけ。

まぁ、ただ痛がっている姿を見たいだけならそれでも十分ではあるが。

「姉様はなるべく長く叩きたいと思ってますの」

「なるほど。持続させたいわけね」

あの威力で叩き付けているから、ルミアは長く続けたいという思考には思い至らなかった。

でも確かに、あの威力で頬を打ったら、一撃で終わる可能性も高い。

「あとやっぱり、道具を使わないことが不思議ね。平手でお尻を叩く、なんてことが成立するのは相手が子供の場合だけよ。子供のお尻なら柔らかいから、手のダメージは低い。でも、私みたいに鍛え上げられたお尻は、相当頑丈よ？　そりゃ、私も全盛期に比べたら少したる……筋量は落ちているけれど。それでも、手のダメージは半端じゃないはずよ。現にあの子、手が痛くてちょっと涙目になってるわ」

性的サディストは苦痛を与えるのは好きだが、その逆は苦手。

自分が痛むことは受け入れられないものだ。

イーナがいい例だ。あれが本来の姿。

とはいえ、イーナは性的サディスト一歩手前ぐらいで、欲望もコントロールできているけれど。

「道具を使ったら、お尻に触れませんわよ？」

ティナがキョトンとして言った。

「ええ。でも目的は苦痛を与えることで、お尻に触ることじゃ……え？　お尻に触ることも目的なの？」

「当然ですわ」ティナが普通に言う。「姉様は何よりお尻が好きですわ。叩く時は、その弾力を楽しんでいますのよ？」

繋《つな》がった。これで疑問が全て繋がった。

「あの子、心が壊れてる上に、軽めの性的サディストで、尻フェチなのね……」

尻を叩けば、全ての欲望が満たされる。

支配欲。サディズム。尻フェチ的欲望。

少々、手が痛むぐらいで止めるはずがない。ジャンヌにとっては完璧なツールなのだ。

しかし、妹の性癖を知ったルミアの心情は複雑だった。

「今思い返せば、兆候はあったわね……。私が鈍かったから、気付かなかっただけで……」

ルミアが第二王子のプロポーズを受けた時も、

「あああ、姉様の可愛《かわい》いお尻が取られてしまいますぅぅぅ！」

とか言いながら両手でルミアの尻を鷲摑《わしづか》みにした。

他にも色々、思い返せば、尻フェチ的兆候は多い。

けれど、昔のジャンヌは明るくて楽しい性格だった。

もし、心が壊れなければ、きっと今も、楽しい女性に育ったはずなのに。

「あら？　心が壊れている、尻フェチ、性的サディスト。なんだか聞いたことのある羅列だわ……」

ルミアの頰が引きつった。

尻フェチの部分を、アスラ・フェチに変えれば、
あら不思議。レコだ。

ルミアは真剣に、レコの将来を案じた。

まぁ、レコの場合はまだ性的サディストかどうかは不明だが。

違っていますように、とルミアは祈った。

「ルミア、中央のゴッドハンドを紹介しますね」

言いながら、ジャンヌが入室。

続いて、修道服に身を包んだ女が入った。

修道服の上からでも分かる、肉感的な身体。水色の長い髪の美女。

彼女は笑みを浮かべている。歪《ゆが》んだ笑みを。

ルミアの思考が、一瞬だけ停止。凍り付いた、と表現してもいい。

その顔を、その女の顔を、ルミアが忘れるはずがない。

一〇年経《た》っていても、忘れない。

かつてあれほど憎んだ。かつて、あれほど殺したいと願った女。

ルミアは跳ね起きて、無手でその女――ノエミ・クラピソンに突っ込む。

「ルミア。誰が攻撃しろと言いました？」

ジャンヌがクレイモアを抜いてルミアの突進を妨げた。

「まさか全裸で突っ込んでくるとは」ノエミが笑う。「抱き締めてほしかったか？　ん？　我のことが忘れられなかった、という顔だな？　嬉《うれ》しいぞ。我は貴様の心に残れたんだな」

「ジャンヌ姉様！　こいつよ⁉　こいつがわたしたちをあんな目に遭わせたのよ⁉　なのにゴッドハンドですって⁉　どうしてよ⁉」

ルミアが喚《わめ》いた。

「知っています。でも、昔のことです。あたくしは気にしていません。ルミアも忘れてください」

「いや、忘れなくていい」ノエミが薄く笑う。「大切な思い出だ。我と貴様の、濃密な思い出。今でも、思い出すと疼《うず》く」

「このっ……」

ルミアは【神罰】を使おうとした。

けれど。

それよりも速く、ジャンヌがノエミの顔面を殴りつけた。

ノエミは後ろ向きに引っ繰り返って、顔を押さえる。

「あたくしは忘れろと言ったのです。なぜあなたが忘れなくていいと言うのです？　あたくしの命令にかぶせましたね？　死にますか？　別にいいんですよ？　あなたが、どうしてもあたくしの下僕になりたいと言うから、仕方なく使ってあげているのです。一〇年前に殺しても良かったんです」

ジャンヌの声は酷《ひど》く冷えていて。

ノエミが怯《おび》え、その瞳が潤む。今にも泣き出しそうな表情。

「お、お許しを……」

ノエミは顔面蒼白《そうはく》になって、その場で土下座する。

ルミアの抱いていたノエミのイメージが崩れた。

「あなたは一〇年前、ティナを殺そうとしました。だからあの時、あなた以外の英雄は皆殺しにしました。あなたは泣きながら、今のように土下座し、生涯あたくしの下僕として生きさせてくれと懇願しました。忘れましたか？」

一〇年前のジャンヌに、それほどの戦闘能力があった？

ルミアは知らない。隠されていた？　それとも、ルミアと別れてから固有属性を、【神滅の舞い】を得て急激に強くなった？

「忘れてなど……忘れてなどいません……お許しを……我が神よ……どうかお慈悲を……」

ノエミはガタガタと震えていた。

その姿を見て、ルミアの心は急激に冷えた。

そして同時に、一つの可能性に辿《たど》り着いた。

推測はしていたけれど、推測の域を出なかった可能性。

それが繋がってしまった。

一〇年前。ティナを殺そうとした。英雄を皆殺し。

ティナの圧倒的な戦闘能力。

そして、一〇年前のノエミの言葉。ルミアが十字架に張り付けられた時に聞いた言葉。

招集がかかった。最上位の魔物が出た。

ルミアは振り返ってティナを見た。

ティナは成り行きを見守っている。

あなたは。

ティナ、あなたは。

ジャンヌよりも、ノエミよりも、どんな大英雄よりも強い。

それって。

結局のところ、人間の限界を超えている。

だって、人間じゃないから。

最上位の魔物、なのね？

一〇年前にノエミたちが討伐に向かった最上位の魔物。

その時に、ジャンヌも居合わせたということだ。もちろん英雄側ではなく、ジャンヌはティナ側で。

そうなった経緯は不明だけれど。

「まぁいいでしょう」ジャンヌがクレイモアを仕舞う。「紹介は必要なさそうですが、仲良くしてくださいね。あと、ルミアは服を着てください」

「え、ええ。そうね」

全裸には慣れているので、ルミアは特に恥ずかしいとも思わない。

服がない状態でも普通に戦えるように訓練もした。

アスラが想定していたのは、入浴中や着替え中に襲撃された場合と、拷問を受けたあとなど。

「それにしても、あなたがゴッドハンドの一人とはね」

ルミアが言うと、ノエミが立ち上がる。

ノエミは鼻血が出ていた。

なるほど、とルミアは思った。ジャンヌはルミアやティナの顔は殴らない。それは、なんだかんだ、大切だと思っているから。後遺症を残したくないのだ。

「仲直りのハグでもするか？　一応、我らは同じ陣営だ」

「いいわよ。あなたが死ぬ前に、一度ぐらいはね」

ルミアはもう冷めている。

憎しみは残っているが、ルミアが手を下す必要などないのだ。

「我が死ぬ？」

「そう。ゴッドハンドでしょう？　だったら、いつかアスラに殺されるわ」

どれだけアスラの危険性を説いても、ジャンヌは聞く耳を持たない。

でも、いずれは聞かざるを得ない状況になる。

まぁ、そうなった時はもう遅いかもしれないが。

「またアスラ・リョナか」とノエミが苦い表情。

「また、とは？」

「大英雄会議で、アクセルがアスラを買っていた。貴様も買っているようだな」

「買っているわけじゃないわ」ルミアが肩を竦《すく》めた。「恐れているの。この世の何より、わたしはアスラが怖い」

けれど。

同時に戦いたいとも思う。命を懸けて、敵対して、戦ってみたい。

そんなふうにも思うのだ。

「服を着てください」

ジャンヌがルミアの尻を叩いた。

本気ではなかったが、すでに腫れている尻には痛かった。

さすが尻フェチね、とルミアは思った。

チャンスがあれば尻に触ろうとする。

尻フェチだと知った今は、ちょっと可愛いわね、とルミアは思った。

ルミアはベッドに移動して、初日にジャンヌが用意してくれた服に袖を通す。

ティナと似たデザインの服。スカートが短く、腹が見えている服。

正直、全裸よりこっちの方が断然恥ずかしい。二八歳の着る服ではない。

「ルミア」ノエミが言う。「アスラ・リョナはもうすぐ死ぬか、あるいは我に屈服する」

「ないわね。特に後者はないわ」

「そうだろうか？　ガチガチに拘束した状態なら、確実に勝てると思うが？」

「拘束できたらね」

「できているはずだ。すでにそう報告を受けた。明後日には会えるはずだ」

ノエミの言葉で、ルミアはジャンヌに視線を送った。

「あたくしは知りません。そんな命令は出していません。ノエミの趣味でしょう」ジャンヌは淡々と言った。「まぁ、始末してくれるなら、別にそれはそれで構いませんが」

「なるほど。ノエミ、それ罠《わな》よ」ルミアも淡々と言う。「経緯は知らないけれど、確実に罠ね。というか、なぜあなたがアスラを気にするのかしら？」

「絶世の美少女と聞いた」

「そうね。外面だけは素晴らしいわ。内面はあなたと同じぐらい腐っているけれど」

ノエミの女好きは相変わらずか、とルミアは思った。

「内面など、興味ない」ノエミが言う。「見た目が良ければそれでいい」

ルミアはゆっくりと歩いてノエミの前まで移動し、

そしてそっとノエミを抱き締めた。

「さよならノエミ。一時期だけど、本当にあなたを慕っていたのよ、わたし」

もう会うこともない。

ルミアはノエミが死ぬと確信した。

だって、敵としてアスラに会うのだから、よほどのことがない限り死ぬ。

ゴッドハンドが死ねば、ジャンヌも少しは話を聞いてくれるはず。

「ルミア、ジャンヌ姉様にもハグを」

ジャンヌがちょっと嫉妬した風に言った。

「はい、ジャンヌ姉様」

ルミアはジャンヌにもハグをした。

あなたは、わたしが守ってあげるわ。

悪意が服を着て歩いているような、
まるで魔王のように嗤《わら》う、
愛《いと》しいアスラ・リョナから。
わたしが手塩にかけて育てた最強の少女から。

書き下ろしEP 〇二

# 抑圧された日々と愛すべき魔法 自分は今、幸せだ

マルクス・レドフォードは武家に生まれた。

父は王国騎士団の副団長で、兄も騎士団に入団した。

ある晴れた日、一二歳のマルクスは対戦相手を木剣で叩《たた》きのめした。

「ふむ、よくやったマルクス。見習い騎士でさえお前には勝てん」マルクスの父が言う。「お前は英雄になれる器だ。魔法などにかまけなければ、な」

ここはレドフォード家の屋外訓練場。

集まっているのは、父がマルクスをお披露目するために集めた様々な人々。

レドフォード家は貴族ではないが、代々王国騎士団に身を捧《ささ》げるそれなりの名家であった。中には騎士団長を拝命して当代貴族号であるララを与えられた者もいる。

「自分はもう魔法とは縁を切りました」

マルクスは死んだ魚のような目で淡々と嘘《うそ》を言った。

集まった人々がマルクスの才能を賞賛する中、マルクスだけが冷めていた。

こいつらを皆殺しにできるほど自分が強ければ、とマルクスは思う。

そうすれば、魔法を覚える邪魔をされることもないのに、と。

一三歳になったマルクスは蒼空《そうくう》騎士になりたいと申し出て、両親もそれを了承した。

「必ず団長になるのだマルクス」父が言う。「蒼空騎士の団長は、代々英雄が受け継ぐことになっている。お前なら必ず英雄になれるはずだ」

父の言葉はマルクスには響かない。

マルクスが蒼空騎士を目指した理由は単純だ。この家を出られるから。以上。

蒼空騎士はどこの国にも依存しない独立した騎士団で、正騎士になるためには蒼空騎士養成学校である『蒼空の薔薇《ばら》』を卒業する必要がある。

そこは寮生活なので、家に帰らなくて済む。

薔薇生《ばらせい》となったマルクスは、訓練の合間にやっぱり魔法の練習をしていた。

そして一年が過ぎた頃、フルセンマークは最強の魔法戦士ジャンヌ・オータン・ララの話題で持ちきりとなった。

その時マルクスは強く強く思った。

「自分は間違っていない！」と。

無事に正騎士となったマルクスは、メキメキと頭角を現し、二〇歳の頃には小隊長を務めていた。

「隊長の戦術は騎士道に反します」

「隊長、そんな卑怯《ひきょう》な手を使うなら、自分は異動を申請します」

しかしながら、マルクスの快進撃はそこまでだった。

騎士たちはマルクスの指揮を良しとしなかったのだ。

マルクスには理解できなかった。確実に勝てる方法を提示したのに。なるべく安全に敵を叩けるように考えたのに。

マルクスは騎士を辞めようと思ったのだが、そんな時。

「お前、次期団長としてオレが育ててやるよ。オレは団長を引退したいんだ。なんせ女の子と遊ぶ時間がない」

団長であるミルカ・ラムステッドの目に留まったマルクスは、本部付き騎士となって、以降は英雄になるための訓練が主となった。

「ミルカ団長」マルクスが言う。「あなたは自分とは五歳しか違わないと思うのですが……もっと若い者を後継者にしては？」

「いやいや、オレ以外で英雄になれそうなのが、今のところお前しかいないんだってば。頼むよマルクス。オレは女の子たちともっと遊びたいんだ。マジで」

ミルカは死ぬほど軽薄な男だったが、悪い人間ではなかった。

やがてマルクスは英雄候補となって、三次選考に参加。一回目は特筆すべきことは何もなく、普通に負けて終わった。

問題は二回目の三次選考。

マルクスは魔法を使った。もちろん、魔法を使うこと自体は問題なかった。

しかし、試合開始の合図とともに対戦相手に水をぶっかけ、相手が唖然《あぜん》としている間に叩きのめしたのが蒼空騎士団内で問題になった。

礼儀を欠く、騎士道に反する、など。

ちなみに三回戦でマルクスは敗退した。

「勝つためにやった。何が問題なのか自分には分からん」

蒼空騎士団本部の会議室に呼ばれ、咎《とが》められたマルクスは堂々とそう言ってのけた。

古くさい考えを持った騎士たちが顔を真っ赤にして怒った。

みんな蒼空騎士の中では立場ある者たちだ。

「相手に水を掛けるなど！　それでも蒼空騎士か！」

「無礼にも程があるだろう！　団長に可愛《かわい》がられているからと言っても限度がある！」

「対戦者に敬意を示せない騎士など騎士ではない！」

ああ、もう、面倒臭い。

抑圧されてばかりだ。子供の頃からずっと、誰かに抑圧されてばかりだった。

みんな殺してしまおう。

そう思った瞬間、マルクスの中で今までに感じたことのない開放感が生じた。

「そこまで！」

ミルカが大きく手を叩いた。

その瞬間に、部屋の空気が一変。マルクスも我に返った。さすがは英雄の一声、と言ったところか。

「水をかけたことに関して、オレはそこまで問題だとは思わないけど」ミルカがマルクスを睨《にら》む。「お前、今、仲間を殺そうとしたな？」

マルクスは何も言わなかった。

「殺さないまでも、剣を抜きそうな感じだったが？」とミルカ。

「抜いたかもしれないな」

マルクスは正直にそう言った。もうどうでも良かったのだ。

会議室がざわついて、ミルカが再び手を叩く。

「マルクス・レドフォード。正直なのはいいことだが、仲間に剣を向けようとしたのは問題だ」ミルカが言う。「よって、罰として明日から蒼空の薔薇の教官の任に就け」

思いのほか処分が重かったので、また会議室がざわついた。

教官をやるのは引退間近の騎士か、ケガをして前線を離れた騎士など、エリートコースを離れた者がほとんどだ。

要するに、マルクスのキャリアは終わったということ。

「了解」

マルクスは特に何かを思うこともなく、翌日から教官として生きることにした。

時間に余裕ができたので、魔法の訓練が捗《はかど》ったし、マルクス的には別に良かった。

元々、騎士のエリートコースになど興味はなかったのだから。

まぁ、実家からはお叱りの手紙が届いたがそれも無視。

ある日、野外教練中に魔物が出たと村人たちが騒いだ。マルクスは生徒たちを避難させ、自分は魔物退治へと出向いた。

話を聞く限り、下位の魔物らしかったので、一人でもどうにかなるだろうと思ったのだ。

もちろん、援軍の要請は出してあるが、いつ到着するのかは分からない。

魔物が出たとされている丘に到着した時、花びらが舞っていた。

あまりにも綺麗《きれい》な光景に、マルクスは目を見開く。

しかし感動している場合ではない。魔物が銀髪の少女に襲いかかったところだった。

助けに入りたかったが、間に合わない。

と、花びらが魔物に当たって、魔物が爆発した。

更に連続で爆発し、魔物は原形を留《とど》めずバラバラになった。

ああ、魔法だ、とマルクスは思った。

なんて美しく、強い魔法なのだろう。

「なんだよ、せっかく魔物が出たと言うから来てみたのに、雑魚じゃないか」

少女はやれやれと首を振っていた。

「まぁそれでも、報奨金は出るか。そうだろう蒼空騎士」

少女はマルクスを見ていた。

「あ、ああ。そのはずだが、それより今の魔法をもう一度見せてくれないか？　固有属性だろう？」

「ん？　君は騎士のくせに魔法に興味があるのかい？」

マルクスは水の魔法を発動させてから「自分は、本当は魔法使いになりたかった」と本心を伝えた。

「ふむ。ではさっさと騎士を辞めて魔法使いになりたまえ。なんなら、私が魔法を教えてあげてもいいよ？」

少女は空から無数の花びらを降らせた。

幻想的な光景に、マルクスは再び感動した。

「まぁ、私の場合、教えるのは魔法だけじゃないけど」

「と言うと？」

「魔法兵、という新しい兵科を作ったんだよ。魔法を主軸に戦う兵士。興味あるかい蒼空騎士」

「魔法を主軸に戦うと言うのか？　事実か？」

魔法使いは基本的に後方支援だ。

人を殺すには効率が悪い。どう考えたって剣で斬った方が早いのだから。

「事実だよ。私の仲間になるなら、すぐに証拠を見せてあげよう蒼空騎士。ついでに君、マルクス・レドフォードって奴《やつ》を知ってるかい？」

「ん？　ああ、知ってるが？」

「英雄選抜試験で対戦相手に水をぶっかけた面白い奴だ。残念なことに教官職に飛ばされたらしい。騎士ってのは頭が固いみたいだね。で、私はマルクスをスカウトしようと思ってたんだけど」

「自分がマルクスだ」

「ああ、そうだろうね」クスクスと少女が笑う。「水の魔法を堂々と見せる蒼空騎士なんて、他にいないだろう。どうだマルクス、私と来ないか？　きっと楽しいぞ」

少女が右手を差し出した。

マルクスは迷わず少女の手を摑《つか》んだ。

鬱屈とした抑圧された人生に、一筋の光を見たような気がした。

少女は未《いま》だに花びらを降らせている。まるでマルクスに見せつけるように。固有属性を、その魔力量を。

初めて会った少女だが、なぜかマルクスは誰よりもこの少女が信頼できると感じた。根拠などどこにもない。

ただ少女が大魔法使いだったから、というだけかもしれない。

でもそれでいい。十分なのだ。

マルクスはずっと、魔法にロマンを感じ続けていたのだから。

「私はアスラ・リョナ。いずれ傭兵《ようへい》団をやろうと思ってる。くくっ、傭兵は何でもやるから、騎士と違って楽しいよ？」

◇

大森林に調査に出る前日。

全ての準備を終えた夜。

マルクスが宿の近くの公園を散歩していると、ベンチに座って空を見ているアスラがいた。

「団長？　どうしたんですか？」

「マルクスか。いい夜だったから散歩だよ。君もかね？」

「はい。隣に座っても？」

マルクスが聞くと、アスラは微笑《ほほえ》み、ベンチの右側に寄った。

なので、マルクスは左側に座った。

「実はね」アスラが内緒話をするように言った。「今朝は前世の夢を見たんだよ」

「ほう」

「ウーノに話した時の、性奴隷を見て依頼主を裏切った時の夢さ」アスラが楽しそうに言う。「あの時、依頼主を最初に撃ったのはマリンって奴でね。母の島国出身の女で、本当の戦争がしたくて私のところに来たイカレ女さ」

「団長とどっちがイカレてますか？」

「それは難しい質問だね。マリンは別に心は壊れてなかったからねぇ。ふふっ、懐かしいなぁ」

アスラは一度、空を見上げた。

まるで遠くの仲間たちを想《おも》うように。

「当時の仲間たちと自分たちと、どっちがいいですか？」

変なことを聞いてしまったな、とマルクスは思った。

「私にとっては、どっちも大切な仲間だよマルクス」

「ですよね。すみません、変なことを聞いて」

「とは言え、過去は過去さ。私は今を生きてるんだから、今の仲間が最高さ。君はどうだい？」

「もちろん自分も同じですよ。あの日、団長に会えて本当に良かった」

「そいつは私もさ。君に会えて良かったよマルクス」

「ありがとうございます団長、明日の任務も楽しみましょう」

言ってから、マルクスは立ち上がった。

「ああ、人生を楽しもう」アスラが言う。「で、寝坊するなよ?」

「ええ。団長も」

クスッと笑ってから、マルクスは散歩に戻った。

自分は今、何の抑圧もない。

好きなだけ魔法を使えるし、毎日が楽しい。

「父上、自分は魔法との縁は切れませんでしたよ。あなた方との縁は、アッサリ切れてしまいましたがね」

# あとがき

こんにちは、葉月双《はづきそう》です。

どの食べ物の話をするか迷いに迷って、今日のところはまず私が太ったって話をしようと思う。

なんせ私の趣味は美味いモノを食べることなもんで、気を抜くとすぐ太っちまう。まぁこれはいつものことで、そろそろやべぇなって思ったらダイエット期間に移行する。

そして体重が元に戻ったらまた好きなだけ食べると。

長年そういう生活をしているのだけど、最近もうダイエットするのが億劫《おっくう》になってきたわけよ。

だから次のダイエットを最後に、太らない程度に美味いモノを食う生活にしようかなと。（できるとは言ってない）

なんせ世の中には美味い食い物が溢《あふ》れている。

ちなみに今日のランチは『ウナギの釜飯御膳』を食ってきた。美味かったけど量は少なかったかな。

いつか年老いて死ぬその日まで、元気に美味いモノが食えたらいいなって思う。


ここからは謝辞！

担当編集の藤原《ふじわら》様、色々とありがとうございます！

突然、覚醒したかのように良案を投げて来て驚いたりしましたが、今回は特に問題もなくスムーズだったかと思います。（1巻もスムーズでしたけどね。私が「いーやーだー」と連呼した以外は）

イラストレーターの水溜鳥《みずためどり》先生、今回のイラストも本当に素晴らしいです！　キャラデザもいいしカバーもいいいし、非の打ち所がないです！

担当の藤原さんと、今回も「素晴らしい！」とキャッキャッしていました。こっちの予想より遙《はる》かにいいものが上がってくるので、楽しくて仕方なかったです。

宣伝部の皆様、1巻の時のPV最高でした！　宣伝も非常に良かったです、ありがとうございます。その勢いで2巻の宣伝もお願いしますね？（このあとがきを書いている時点では、2巻の宣伝のことは何も知らない）

その他、刊行に関わってくれた方々、ありがとうございます！

最後に、2巻を手に取ってくれた読者の皆様へ。本当にありがとうございます！

最近ちょっとスランプ気味で、WEBの方を全然更新できてなくてすみません。ちゃんと完結させるつもりなので、気長に待ってくださると嬉《うれ》しいです。

それではまた。

DRE NOVELS

# 月花の少女アスラ 2
## ～極悪非道の傭兵、転生して最強の傭兵団を作る～

2023年8月10日　初版第一刷発行

著者　葉月 双
発行者　宮崎誠司
発行所　株式会社ドリコム
〒141-6019　東京都品川区大崎2-1-1
TEL　050-3101-9968
発売元　株式会社星雲社（共同出版社・流通責任出版社）
〒112-0005　東京都文京区水道1-3-30
TEL　03-3868-3275
担当編集　藤原大樹
装丁　木村デザイン・ラボ
印刷所　図書印刷株式会社


ISBN978-4-434-32268-6

ファンレター、作品のご感想をお待ちしております。
右の二次元コードから専用フォームにアクセスし、作品と宛先を入力の上、
コメントをお寄せ下さい。
※アクセスの際に発生する通信費等はご負担ください。